徳間文庫

カミングアウト

高殿円

目次

おもな登場人物

さちみ　17歳の女子高校生
仁科リョウコ　29歳のＯＬ
鵜月エリ菜　リョウコの同僚
史緒　38歳の人妻
井原臣司　46歳の独身男性
初恵　63歳の主婦

コインロッカー・クローゼット

——だれでも心の中に、だれにも言えない秘密を抱えてる。

——無我夢中で、夜の道を走った。

「はあ……、はあ……、はあ……！」

人ひとり分の道幅しかないビルの隙間《すきま》を、さちみは脇目もふらずに走っていた。

（逃げろ、逃げろ、逃げろ！）

とにかく逃げろ、と頭の中で声がする。逃げろ、捕まれば一巻の終わりだ。

いま、さちみを追いかけているのは警官なのだ。警官が追いかけてくる。さちみを捕まえに追いかけてくる……！

（絶対に、捕まるわけにはいかない！）

もうどれくらいの間、こうして闇雲に走り回っているのか、さっぱり見当がつかなかった。息なんか、とっくに切れている。苦しい。喉《のど》がかわいた。口の中ががさがさして、まるで薄いセロファンでも貼《は》ってあるみたいだ。

それでもさちみは止まらない。止まれない。

捕まれば、すべてが終わってしまう。

(どうしてこんなことになったんだろう…)

涙目のまま、さちみは呆然とことのなりゆきを思った。

十七歳のさちみの人生は、うまくいっているはずだった。

——当初の目的の金は、ずいぶんたまっていた。

その金で、さちみは『本当の』自分をとりもどすつもりだった。うまく生きたい、なるべく損をしないように。だって、いつか自分は大人になってしまう。大人になって、いまよりもっと身動きがとれなくなるまでに、いろいろと準備をしておくのだ。そのためには、金だ。金がなければなにもできない。

そうして、その計画は一見成功しているように思えた。

(そうだ、わたしはうまくやれていた!)

この夜だって、さちみはみんなから羨《うらや》ましがられていた。

わずか十七歳でうまく世を渡っているさちみを、同世代の少女たちは妬《ねた》み、男たちはなんとかモノにしようと色気のある目で見ていた。そういう視線すら、さちみには快感だった。わたしはうまくやれている。その自信が常にあった。

——なのに!

（なのにそう、今日にかぎってドジった……！）

さちみは、ふとすべての発端《ほったん》になったことを思い出した。

思えば、今日は奇妙な夜だった。

なぜか、まるで一日が早送りされたように、今夜、次々になにかが起こったのだ。

（あのとき送られてきた、不意うちのメール——）

さちみは思った。

わたしと携帯でつながっていた男、わたしと青い馬の本。わたしをおねえちゃんと呼ぶ女。

そして、三人の少女。わたしのフィッティングルーム、わたしのコインロッカー・クローゼット！

（すべては、あのコインロッカーから始まっていたのだ）

さちみは、骨を思わせる白い蛍光灯の下でぼんやりと思った。そして、携帯を開けて見覚えのあるメールの消去ボタンに指をかける。

（早く全員、《殺して》しまわなければ）

殺そう。殺そう。

亡くしてしまおう。

いまなら、わかる。なぜさちみが、こんなふうに追いかけられるはめになったのかも…

「さよなら。リコ、カオリ、ニーナ……」

なぜ、慣れ親しんだ三人の少女を、こんなふうに殺すことになったのかも——

＊　＊　＊

——それは、その奇妙な夜より少し前のことだった。

「今日もひとりでバブリーだね、さちみ！」

夜、

店内に氾濫《はんらん》しているリミックス音楽をぬって聞こえてきた声に、さちみはわざとうっとうしげな顔を作って振り向いた。

（だれ…？）

港区にある、倉庫を改造したクラブだった。この手の店はいつも、薄暗さに心地よさを感じる年ごろの若者たちで、すき間もなくごったがえしている。

さちみは視線を上げた。照明を落とした店内は、コーティングされた女の子たちでいっぱいだった。

爪、腕、そして首筋に髪。

コーティングはファッションの基本だ。爪の先や顔だけではなく、背や腕にわざとどぎつい色のタトゥーをほり、耳たぶや首元のほんの少しの隙間ですら、アクセサリーで隠そうとする。

自分を隠す。

そうしないと、上手に生きていけないことをみんな本能で知っているのだ。

さちみもまた、そんなふうに自分を装っているひとりだった。男に買わせた服に、男に買わせたアクセサリーに、男に買わせたバッグ。身につけている物のうち自分で働いて買ったものなど、なにひとつない。

「なー、さちみィ。今度はどこのおっさん相手にしてんの！」

「うるせえ！」

さちみは、からんできた男を軽くにらんでペリエの瓶に口をつけた。

声をかけてきたのは、さちみのよく知る人間だ。知っているだけで友人ではない。友人など、こんなところにいない。

（友人）

さちみは笑った。

もっとも、友人なんて世界のどこを探したっていやしないが。

「あー、さっちん、いたいた！」

カウンターにいたさちみに声をかけてきたのは、学校のクラスでひとつ前の席の久下《ひさか》りさ子だった。

「ねねね、これからヤスさんたちと埠頭《ふとう》まで行こうっていってるんだけど、さっちんはどう？」

彼女はまるでそれが自分をいちばんかわいく見せる表情であるかのように、ぺろっと舌を出してひっこめる。

「やめとく」

「ええー、たまにはうちらにつきあったっていいじゃない。それでなくてもさあ、さっちんってあんまり群れないって、上の人たち興味シンシンでさあ」

「そんなの知らない」

「そんなの困るー」

言いながら、りさ子は魔法のコンパクトかなにかのようにピンクのラメ入り携帯を開けた。ほの明るさがぱっと画面から浮き出て、彼女の親指だけがリズムを刻みはじめる。

「ホントに無理？　もしかしてこれから営業？」

「営業ってなによ」

「だーからぁ、うんと年上の彼氏に会うとか、さ」

（ああ、援交するのかって言いたいわけね）

さちみは、ペリエの緑色の瓶をくわえたまま斜めにした。営業――、うまいこと言うものだと感心する。まさに、彼女たちにとって、セックスはただの仕事というわけ……

「だったら、今度金まわりのいい会社の社長とか紹介するし。ね、今日はうちの会合《ミーツ》に出ようよ。さっき、みんなにさっちん紹介するって言っちゃったの」

「そんなの、勝手に決めないでよ」

「だってー、金曜のいまごろはさっちんいっつもここにいるじゃない」

りさ子は、いつのころからかクラブで知り合った女の子たちにオヤジを斡旋《あっせん》している。なんでも本人いわく、彼女がつなぐ相手はみな『金払いがよくてゴム厳守のぜったい安心物件』らしい。

「悪いけど、先約あるから」

そう、そっけなくさちみが言うと、

「そっかあ、じゃしかたがないね」

意外とあっさり、りさ子は引き下がった。

「ま、わかるけどね。さっちんって、結構ロリ顔だからオヤジ受けいいし、ピンでもいけるから、ぜったいいまのうちに稼いでおいたほうがいーって。ウチらが稼げるのも、ジョシコーセーって看板ぶらさげてるときだけなんだしさ」

そう言って、彼女はさきほどとは別の携帯を開いた。彼女はバッグの中に、携帯をいくつも持ち歩いている。そうそう簡単に本命メールは教えられないもんと、りさ子は笑う。ピンクのラメ入りは、〝本命友達〟と〝本命彼氏〟専用携帯だ。

『いまのうちに楽しんでおかないと』

そう、彼女らは言う。

よく聞く言葉だった。これは、自分たち高校生の口癖のようなものだ。同じ年代のさちみは、いつも不思議な面持ちで聞いていた。彼らの言い分では、まるで自分たちにはこの先にいいことなんてひとつもないように思えてくる。

「楽しむって、ラクするって書くんだよぉ。だから家メシ食って親にたかれるうちは楽するのがいーんだよ。だって大人になったらいまよりシンドイことっていっぱいあるじゃん。ジョシコーセーでいられる時期なんて三年ぽっちなんだし、だったらいまできることをいっぱいしとかなきゃバカじゃん。どーせ社会に出たらしんどいことばっか待ってるんだしさ。稼げるときに稼いでおかないと」

「そうだよね」

りさ子の言うことに、さちみは基本的に異論はなかった。

それは、わかる。

いましかできないことは、いっぱいある。

なにも今日びの女子高生たちは、ブランド品や化粧品を買うためだけに援助交際するわけではない。りさ子はいわゆる黒肌系で見た目はけっこう派手だが、最低限のところでは予防線を引いている子だとさちみは思っている。

（だれでも自分の身を守れるのは、自分しかいない）

だから、まず携帯を使い分けている。本物の自分用と偽物の自分用。本当の彼氏用と、そうでない男たちとつながるためのもの。

実際、りさ子は防犯のためにいくつもの携帯を使い分けているのだし、財布にはいつもショックガンとサイズの違うゴムが入っているのをさちみは知っている。彼女らはあたかもそれが器用な生き方であるかのように、いろんな自分を使い分けているのだ。

もちろん、さちみも。

急にりさ子が、さちみを持ち上げるように言った。

「さっちんてさ、ホント群れないじゃない？　ウリやってる子はオヤジとつながるまでが手間で、なんだかんだで仲介通すことが多いのに、さっちんはずっとピンでやってるし。いつも羽振りいいし、みんないろいろ勘ぐっちゃうわけよ。だからさっきみたいな声もかかるんだな」

返事をするのが面倒で、さちみはまたペリエの瓶に口をつける。

こういう場所に集まる子たちが、自分のことをどんなふうに言っているのかぐらい知っている。

　F校のさちみって子は、どこかの社長の愛人らしい。援交相手のオヤジに一回十万ほど払わせているらしい。

　持ってるものはほとんどブランド品で、実家には戻らず、愛人にマンションを買ってもらってそこに住んでいるらしい……。

（ばかばかしい）

　さちみは、その噂《うわさ》の信憑性《しんぴょうせい》のなさにあきれるばかりだった。そんな簡単に社長の愛人になれるものなら、とっくの昔になっている。

　目の前を通り過ぎざまに、どこかで見たことのある女の一団が、さちみたちにガンをとばしてきた。

「あそこにいんの、F校のさちみじゃねえ」

「げっ、なんでココにまで来てんの？」

「あのバッグ、見たことないやつだ。また男に貢がせたか」

「最近は予約がおっつかなくて、4Pとかしてるってほんとですかー」

「ギャハハハハっ」

「さっさとパパに買ってもらったマンションに帰れよ」

　聞こえよがしに大声でわめきながら、音楽と灰色の煙が沈殿する中に消えていく。

「気にしないって。あいつら自分たちがいちばん稼いでるって自慢したがりだから、さっちんのこと目の敵にしてんのよ」

　りさ子が、なんのなぐさめにもならないことを言った。

「ねね、でもさ。仲介通してないならさ。さっちんは相手、出会い系で漁《あさ》ってんの？」

「漁ってないって」

　さちみはカウンターから身を起こしながら言った。そろそろ時間だ。あの子らのいう〝予約〟が今日の八時から入っている。

「でも、ネットなんでしょ」

「まあね」

　さちみは、バッグからストラップもデコもされていない携帯を取り出し、メールが入っていないか確認した。

　未読メールは四件入っていた。

　一件は、四十五歳のサラリーマンから。今日は工場の給料日で定時であがれるから、いつものカフェで会いたいと書いてある。

　メールの件名は、〝リコちゃんへ〟とある。まちがいメールではない。リコはさちみが使っているハンドルネームのひとつだ。

「でも、出会い系ってヤバいやつけっこういるよ。気をつけなよ」

　りさ子はシールをべたべた貼った二つ折りの鏡を取り出すと、前髪をいじりながら言った。

「ヤバいって？」

「んー。いきなり終わったあと説教するオヤジとか、ヤリ逃げするやつとかさ。最近じゃ制裁とかって暴力ふるってくるヤツとかいるって」

そう言って、今度はバッグの中から大きな鏡を取り出す。

「この前、友達が言ってたんだけど、出会い系で会ったオヤジが制服にセーエキかけたがるやつで、制服アレでベトベトにされたって。ケータイに電話かかってきたんだけど、ホテルから出られなくて半泣きだったよ。さっちん、家帰んないとまずいでしょ」

「そうだね」

さちみは短くうなずいた。

（そろそろ行くか）

ぱたん、と携帯を閉じると、りさ子がさちみのサブ携帯をめざとく見つけて言った。

「あー、さっちん、またケータイ替えた？　それって本命ケータイ？」

「ううん。こっちは営業用。この前ご贔屓《ひいき》さんにケータイショップまで同伴してもらって作ったんだ」

「よかったー。じゃあ番号変わってないよね」

いまの世の中、メールアドレスを変えてしまえば縁が切れることも少なくない。だから気をつけていないと、会いたいと思ったときにはアドレスが変わっていて、それっきり連絡がつかなくなることがままある。

親しくしておきたい人のアドレスは、頻繁に確かめる必要があるのだ。でもそれは、つきあいの基本だ、とさちみは思う。

本当の自分を見せてもいい相手と、そうでない相手。真剣と営業。家と学校。彼氏と援交。使い分けは多種多様だ。

冗談っぽく、りさ子がさちみにしなだれかかってきた。

「ねえ、あたしのアドレスはさっちんの本命のほうに入ってるんだよね。卒業しても連絡つくよね」

「あたりまえじゃん、なにゆってんの、りさ」

さちみは笑った。

——りさ子のアドレスは、卒業したら消すつもりでいる。

＊　＊　＊

いつのころから、そうするようになったのか、はっきりとは覚えていない。

だが、中学校にあがったころから、さちみは〝さちみ〟と呼ばれることに抵抗感を抱くようになっていた。

さちみ、と呼ばれたくない。

だから、家へ帰らない。

それがだんだんと他人への変身願望につながり、携帯というあいまいな空間がはさまることも手伝って、さちみは外にいるときは自分を別人のように演出するようになった。

いわく、
世間知らずで、ちょっぴりヌけている〝リコ〟。

都内でも有数の進学校に通う、まじめな優等生の〝カオリ〟。

バカだけど、大きな夢を追ってお金をためている〝ニーナ〟。

そんなふうに、携帯とメールアドレスの数だけ、さちみは自分を使い分けている。

(もう、こんな時間か……)

さちみは携帯の時間表示を確認して、夜の近づいた世界を見渡した。

──午後五時、つまらない繰り返しでしかない学校の授業が終わると、さちみはそれらの自分が作った人格になるために、人通りの少ないK駅の埃《ほこり》くさいコインロッカーの前に立つ。

(……リコ用の服は、いちばん端だったっけ)

さちみはコインロッカーのいちばん奥のブロックを回ると、ポケットの中からじゃらじゃらといくつもの鍵を取り出し、その中から縦長のコインロッカーを選んで開けた。

このK駅のいちばん奥の一角すべては、二年前からさちみが独占している。中に入っているのはほとんどが服と化粧品だ。家に持って帰れないもの——高価すぎて母親の目にとまったらまずいブランド品もふくめて、ざっと五十着ほどが、さちみの決めた人格別にロッカーの中に収まっている。

このコインロッカーは、いわばさちみのクローゼットだった。

（リコは、いまどきの女子高生にしてはテイストが甘めだから、ピンクが中心……）

さちみは、いつもここで自分の作った人格になるための変身をする。自分が決めた人格にそった服を着て、化粧をし、髪型を変え、そうして選んだ人物に会う。

リコ、という人格にあわせて、パーカーとデニムのミニスカートをハンガーからはずすと、さちみは化粧用のバニティとヘアアクセの入ったポーチといっしょに、よれよれになった紙袋につっこんだ。

こういったヘアクリップも化粧品もなにもかもがコインロッカーに入れてあるため、さちみは毎月数万円をロッカー代として捻出《ねんしゅつ》しなくてはならない。本当は安いアパートでも借りられたらと思うが、さすがに高校生にそれは無理があるだろう。

（でも、こんな服家に持って帰ったら、あのママがなんて言うかわからない。ここは必要だ。わたしが、わたしでいられる唯一の場所なんだから……）

い言っている。


――だれも、さちみがこんなことをしているなんて知らない。

みんな、さちみの親はいないとか、外国に行っていて放任なんだとか、言いたいほうだい言っている。

あんなにたくさんの物を持っているのはおかしいから、倉庫代わりにマンションを買ってもらったんだとか、ブランド好きで愛人の海外出張についていっているとか、噂というものはいい加減なものばかりだ。

だが、その噂を流している子たちですら、さちみが実は家にもだれにもないしょでコインロッカーに荷物を預けているなんて、だれも想像もしないだろう。ブランド品を買ってもらったことがあるのは本当だが、それもある程度使ったら質に流してしまう。ロッカーにおいておけるものは限られているし、もとより高価な物にあまり執着はなかった。それでも何度か使うのは、新品をそう何度も質に持っていくとあらぬ疑いをかけられてしまうからだ。

欲しいのは、金だった。

生まれ変わるための資金。

(わたしは、負けたくはない)

さちみは、まだ子供だ。だが、大人になれば、いまよりもっと身動きがとれなくなることを知っている。

そのときに損をしないように、いまのうちにいろいろと保険をかけておくのだ。

売り物にしておくのだ。

若ささえ——

＊＊＊

「お待たせ、阿久津《あくつ》さん」

いつも待ち合わせで使っているカフェ。その店内で入り口に向かって背中を向けていた阿久津に、さちみはそう言って声をかけた。何度かここで会っているので、阿久津がどこに座っているかすぐにわかる。

彼は、ざっくりとした黒の綿パンに、Tシャツの上にストライプの入ったシャツを羽織っていた。サラリーマンのくせにそんな格好をしているのは、彼は現在研究所勤務で中では作業服に着替えるからだ。そのせいか、阿久津は歳のわりには若く見える。

「ひさしぶり、リコちゃん。急に呼び出してごめん」

レースのついたデニムからのぞく足を視線でひとなでしてから、阿久津は顔を上げた。

「ううん、いいの。リコ、阿久津さん好きだから」

「またまた、そんなこと言って……」

あわてていくらも残っていないコーヒーカップに口をつけつつ、阿久津はまんざらでもなさげに言った。

「お仕事、早かったんだね」

「今日は給料日だからね。ウチはみんな定時であがるんだ」

「いいの？　会社の人たちと飲みに行ったりするんでしょう？」

「そう思っていたけれどね。リコちゃんに会えるならそっちを優先するよ」

「やーだ、阿久津さんこそ、〝そんなこと言って〟だよぉ」

こうやって阿久津が適度にほめそやしてくれることも、さちみが援交で特に気にいっていることだった。

同じ年ごろの男子とつきあっても、会話だけでこんなふうに気分よくなれない。さちみも、ひとつ年上の他校生とつきあったことはあったが、彼のあまりの余裕のなさに辟易して別れてしまった。同じ高校生が相手だとなにをするにも割り勘だし、セックスも自分本位で気遣いがない。

（最近エッチするとき、あんまり汗、かかなくなったな）

いつも使うブティックホテルに入って、シャワールームで口をゆすいでいるとき、さちみはしみじみと思わずにはいられなかった。

阿久津のような大人からすると、さちみくらいの子供の相手なぞ、手のひらでビー玉を転がすようなものなのだろう。彼らは適度なほめ言葉でさちみをいい気分にしてくれ、適度なものを与えてくれる。

彼らのちやほやっぷりは、セックスをするときにまで及んだ。よくオヤジのエッチはねちっこい、とみんな言うが、たしかに皆愛撫《あいぶ》はしつこめで、特にさちみの肌に触れたがった。

それが、さちみはいやではない。

「かわいいよ、リコちゃん」

「すごくいい。すごくすてきだ」

「きみは、最高だ」

セックスしているとき、阿久津は夢中になってさちみの肌をなでまわしながら「すごい」を連発する。それを聞いているのが、さちみはなんとなく好きだった。

つまらないことだとわかっていても、ほめられるのがうれしい。

「リコちゃんは、いつまでこういうことするつもりなの？」

一度体を離したあと、汗ばんださちみの体を後ろから抱きしめながら、阿久津はぼそりと言った。

「えっ」

「いや、オレが言うのもなんだけどね。リコちゃんっていい子だからさ。こーゆーことはオレで打ち止めにしといたほうがいいんじゃないかって」

(自分も援交しといて、なに言ってんの、コイツ)

あまりにも自分勝手ないいぐさに、さちみは内心あきれた。

もしかしたら、長くまったりと続きすぎたせいで、阿久津はさちみのことを自分のものかなにかと勘違いしているのかもしれない。だとしたら、阿久津とはそろそろ切れどきだ、とさちみは思う。

阿久津は、ソープもシャンプーも使わずにさっと汗を流しただけで、すぐに服を着た。そうやって奥さんに気づかれないように細心の注意を払っているところが、さちみにはおかしかった。

阿久津の妻は幸せだ、と思う。

「リコちゃんも、このまま家に帰りなよ」

さちみは、あいまいにうなずいた。

阿久津の背中は、すぐに見えなくなった。

――うまく、やれていると思う。

実際、金はたまっていた。

世の中、なにをやるにも金がいる。さちみがさちみを辞めて、リコかカオリかニーナとして生きるためにも、金がいる。

服代がいる。化粧品代がいる、それらを保管するためのコインロッカー代、なにより自立するための金がいる。

(家を出たい)

(家に帰りたくない)

さちみは、とにかく早く家を出たかった。そうしないと、さちみはいつまでたってもさちみでしかありえない。別のだれかになれない。早く、早く家を出るための準備をしなければ…

なぜなら、あそこにはあの女がいる。

さちみを、もうひとつ別の〝名前〟で呼ぶ、あの女が……

＊　＊　＊

「おねえちゃん」

家に戻ったさちみは、むすっと黙ったまま、玄関で汚れたスニーカーから足をひっこぬいた。

いつのまにか時計の針は、十一時十五分をさしていた。阿久津と別れたのが八時すぎだったから、ひとりで三時間近く繁華街をぶらついていたことになる。

「どうして毎日こんなに遅くなるの。あなた、部活動やめたって言っていたでしょう」

そう、玄関に出迎えた母親が言った。

「ねえ、おねえちゃん。聞いてるの？」

「聞いてる」

それ以上はなにも言わないまま、さちみは早々に自分の部屋へ引き上げはじめる。

さちみは、母親が自分のことを「おねえちゃん」と呼ぶのが嫌いだ。おねえちゃん、と呼ばれるたびに「我慢しなさい」となにかを強要されているような気分になる。まったく納得がいかないことだった。弟のことは名前で呼ぶくせに、なぜ自分だけがそんなふうに呼ばれなくてはならないのだろう。

（弟のことだって「おとうと」と呼べばいいのに）

「ねえちょっと。あなた、今日また朝に洗面所を水浸しにしたまま拭《ふ》いていかなかったでしょう」

声にヒステリックさを隠そうともしないで、母親がそう言った。

さちみの髪はボリュームがあるので、縮毛矯正《きょうせい》がとれてくると朝ものすごいことになっている。それをうまくまとめるために、さちみは毎朝一度髪を濡《ぬ》らしてからセットしていた。

どうやら、そのときのことを言っているらしい。

「そんなに気になるなら、ママが拭けばいいじゃん」

「ママはしないって、あれほど言ったでしょ。どうして高校生にもなって、自分のやったことの後始末ができないの！」

（うるさいな）

さちみは、これみよがしにため息をついた。

こんなふうに、母親とはもう何年もそりがあわない日が続いている。

彼女と話すたびに、さちみはイライラする。いまどきの女性のようにオフィスで働いているわけではない、フラワーアレンジメントや料理といったなにか特別な趣味や特技を持っているわけではない、ごくふつうの専業主婦。いつも家に帰ればかならずいて、そのまま部屋へ直行しようとするさちみに小言をくらわせる。

（わたしは、ママのそういうところが嫌いだ）

ベッドの上に学校指定の鞄《かばん》を放り投げながら、さちみは思う。

パパがいなくなったら、ぜったいにひとりで生きていけないくせに……

「ねえ、いつもどこに行ってるの。まさか、クラブとかに行ってるわけじゃないでしょうね」

一刻も早く部屋から彼女を追い出したくて、さちみは母親の問いに答えないまま、彼女の目の前でドアを閉め鍵をかけた。

「ご飯、いらないから」

「ちょっと待ちなさい。開けなさい！　さちみ！」

ああ、また小言を言うときだけ呼び捨てなわけね……

さちみは、その声を聞いていたくなくてふとんを頭からかぶろうとした。すると、なおも母親の声が、閉めたドアの隙間から追いすがってくる。両手で耳をふさいだ。

「おねえちゃん、どこへ行ってるのって聞いているのよ。ああもう、どうしていつもママの言うことが聞けないの！」

それでも、声は聞こえてきた。

――この家は、わたしの家じゃないみたいだ、と常々さちみは思っている。

たしかに赤ん坊のころからずっとここにいるはずなのに、さちみにはまるであそこが安住の地だという実感がない。

さちみの住んでいるあたりは、ちょうど二十年前くらいに竹林を潰《つぶ》して開発された住宅地だった。売り出された当時はニュータウンだかなんだかで、もてはやされて高値がついていたが、もともと都会からは少し離れていたので交通の便がいいわけでもなく、最近は駅前のマンションにまで空室が目立っている。

（まるでママだ。古くて非個性的で、もう売り物にもならない）

毎朝家を出るとき、ひび割れて剝《は》がれ落ちたコンクリートの外装を見やりながら、さちみはそんなことを思わずにはいられない。

さちみの父親が、さちみが生まれた年に三十年ローンで買ったという建て売りの家。同じ区画にずらっと同じ外観の家ばかりが並んでいて、さちみはそれを見るのがなによりも嫌いだった。門扉も壁の色も同じ家ばかりで、まったくといっていいほど無個性でおもしろみがない。

この家に戻ってくると、身がしめつけられる。

さちみ、と呼ばれるたびに、身がしめつけられる。

それは、なぜだかわからない。なぜだろうと考えるたびに、さちみはいつも不安が足下に靄《もや》のようにかかって、自分がいまどこに立っているのかわからなくなる。

だから、逃げ出した。この家から離れ、少しでも長くほかの人間になれるようにクローゼットとフィッティングを整え……、メイクを変え、髪型を変え、趣味を変え……

「——今日は、わたしはカオリになる」

その日、さちみはK駅の構内へ行くと、〝クローゼット〟の中から〝カオリ〟用の制服とピンクのカーディガンを引っ張り出した。

友人のお姉ちゃんから譲ってもらった、都内ではなかなかの進学校の制服だ。これのプリーツスカートだけを使って、上は適当にあわせてごまかす。

ファンデーションをふきとって粉だけをはたき、グロスをさっと塗って眉《まゆ》じりを整える。

髪をおろして前髪を作り、赤縁のメガネをかければ優等生のカオリの出来上がりだ。

(不思議。優等生の格好をしていると、それだけで自分が中身まで違ってきたように思えてくるんだから)

「よし、カオリメイク、うまくできた」

さちみはにっこり笑ってみせた。鏡の中にいる、元の自分とはまったく違った姿を見るたびに、さちみは幸福でたまらなくなる。

幸せだ。

とてもうれしい。

だって、別人になれば、あの家に戻らなくてもすむ。

（――あの人を、ママと呼ばずにすむ……）

「カオリちゃん、お久しぶり」

さちみが待ち合わせのコンビニの前にいくと、さちみのなじみである西村《にしむら》が立って待っていた。

彼はさちみを見つけて、小さく手を挙げた。

「あ、先生……」

都内で中学校の教師をしているという彼は、顧問をしている卓球部の練習が終わった後にさちみと会うことが多い。中学校の先生をしているので、〝先生〟と呼んでいる……わけではない。西村のほうから、〝先生〟と呼んでくれと言ってきたのだ。

もちろん、セックスしているときに。

「こ、こんばんは」

〝リコ〟よりは少々小声で、ぼそぼそとしゃべる。さちみにとって、〝カオリ〟は引っ込み思案で世慣れていないというキャラだ。持っているバッグも、リコは猫のキャラクターが入ったプリントバッグ、カオリはブリティッシュなチェックの入った紺のトートバッグ、と使い分けている。

これがニーナになると、ブランドの紙袋にブランドのショルダーバッグといういわゆる女子大生スタイルになるのだったが。

「お待たせしてしまって、ごめんなさい」

「いや、そんなことないって」

そして、すぐにさちみの肩に手をまわすと、自分の行きたいところにしか行かせないとでもいうように強引に歩かせた。

西村は、阿久津にくらべて少ししゃべり方もぞんざいだ。セックスにも、そういった面が現れている。彼はなぜか、ベッドの端にさちみを立たせて、さちみをベッドに突きとばしたがるのだ。そうすると、興奮するらしい。

「自分でも変態かもって思うときがあるけど、こうやるのが好きなんだ。女の子の髪がぱっと広がってさ、スカートがめくれて、メガネがずれてっていうのを見るのがね。変だよね」

「でも先生は、最中はやさしいからいい」

さちみは、西村に最悪だった初体験の話はしていた。ひとつ年上の先輩に、むりやり公園の便所の中に押し込まれてくわえさせられたこと……

そう言うと、西村はちょっと照れながら笑った。

「あー、でも男ってああいうころって常にせっぱ詰まってんだわ。オレもそうだったもん」

「そうなの」

「カオリちゃんはさ、そんなにまじめな感じなのに、なんでオレみたいなのと会ってるの？」

　これは、だれからもよく聞かれる質問だった。おかしなことに、援交をする男どもは、自分たちはただ若い子とヤリたいだけのくせに、こちらが援交をする理由には、なにか特別な理由を求めるのだ。

　さちみはすかさず、〝カオリ〟用に用意した答えを、すらすらと舌の上にのせる。

「う……ん、自分でもよくわからないけど、なにか知らない世界を知って自分を変えたかったの。家でも学校でもいい子でいるのが、しんどくて……」

　まるっきりの嘘ではない。

　だから、男たちは疑いもせずにさちみの言うことを信じる。

「わたしは子供なんだけど、子供なりになにかやっとかなきゃって、焦ってるのかなあ」

「そうかあ、わかるよ」

　なにをわかったつもりでいるのか、西村はまるで病人にするようにベッドの脇に座って、しきりにさちみの手をなでた。

「それくらいの子って、みんなそんなふうに思うよな。少しでも前へ前へ行こうと焦ってるっていうかさ。ね、こんな歌知らない？　いまうちの学年で合唱コンクールやってんだけど」

「合唱コンクール……」

さちみはなつかしそうに息を吐いた。たしか、さちみが中学生のときにもあったような気がする。

「その課題曲の歌詞で、神話の話がでてくるんだよね。太陽に行きたいと思った青年が、ロウで固めた羽で飛ぼうとするんだ」

さちみはあいまいにうなずいた。そんな内容の歌詞には、なんとなく聞き覚えがある。

「イカロス」

「イカロス？」

「そう。イカロス。きみらの年ごろに、ちょっと似てるよ。目がくらんで、でも高く飛ぼうとするんだ。じっとしてられないんだよね。ちょうどかさぶたがとれて綺麗になる前のむずがゆさ、みたいなさ」

そう言うと、彼はさちみのスカートの中に顔をつっこんで、太股を舐《な》めはじめた。

（イカロス、か……）

なるほど、教師らしい表現だ、とさちみは思った。

──かさぶたがとれる前のむずがゆさ、なんて……、まさにそうではないか。

西村と別れたのは、それから二時間半後だった。

別れ際に、彼はいつもより多いお金をさちみにくれた。

「カオリちゃんは、ほかの子らと違うからさ。あれこれ欲しいって言わないし」

たしかにさちみはめったに物をねだらない。相手がくれる金に不平を言ったこともなかった。そうすることで、相手はもう一度さちみに会いたいと思うようになる。

結局は、安全な相手と長くつきあうほうが、その場限りで大金をもぎとるよりずっと効率がいいのだ。もっとも、あまりなれ合いすぎるとタダでやれる女だと思われるので、ある程度のところでの線引きは必要なわけだが……

「たまにはほかの女の子みたいに、ブランド品とか買ったら？」

別れ際に、西村はそんなことを言った。男っておかしな生き物だ、とさちみは思わずにはいられない。ブランド品に群がる女性を嫌っているくせに、相手がなにも持っていないと買ってやりたくなるなんて。

（やっぱり、さちみじゃないほうが楽でいい）

誰が痰《たん》を吐いたかわからないような地面にじかに座って、数万円もするブランドバッグを地べたにおいている女子高生たちの側を通り過ぎながら、さちみはそんなことを思った。

(だってさちみでいるより、カオリやリコでいるときのほうがずっと楽でずっと楽しいもの。この分だったら、家さえ出られたらさちみを削除できそう――早く消したい)

さちみという人物を消去してしまうこと。

それが、さちみにとって最も身近にある目標だった。

計画は、うまく進んでいる。高校を卒業したら、わざと家から通えない学校に行って(いちおうアート系の学科か専門学校へ行くつもりでいる)援交でためたお金を元手にしてひとり暮らしをする。そして、そのままそこで就職。

そうすれば、二度とあのいまいましい家に戻らなくてもすむし、古くさい家ともどもさちみを棄てていられる。いまどき、性別すら変えてしまう人だっているのだから、さちみがリコやカオリとして生きていくのに、なんの不都合もないはずだ。

「消したい」

いつも感じている、足下に靄がかかったような不安――。そこから抜け出すためには、さちみを消し去らなくてはならない。

早く、早くさちみを削除しなくては……。さちみ、と自分を呼ぶあらゆる人間を、さちみのメモリーから削除してしまわなくては……

「あ……」

さちみは、二十四時間営業のブックストアを見かけると思いついたように立ち寄った。

(そう言えば、さっき西村先生が言ってたのって、なんだっけ)

さちみは、童話や絵本が並んでいるコーナーに、似たような話がないかどうか探しはじめた。

なんとなく、あの西村の話が耳に残っていた。

(イカロス、だっけ)

『きみらの年ごろに、ちょっと似てるよ。目がくらんで、でも高く飛ぼうとするんだ。じっとしてられないんだよね。ちょうどかさぶたがとれて綺麗になる前のむずがゆさ、みたいなさ』

一度考えはじめると、どうしても覚えていない部分が気になった。名前は聞き覚えがあるのに、はじめはどんなストーリーだったか、最後にイカロスはどうなったのかまったく覚えていなかったのだ。

何冊か手に取ったあと、綺麗な青い馬の表紙の本を手にして、さちみはついにお目当てのものを見つけたと思った。

「ギリシャ、神話……」

それは、子供用にギリシャ神話を簡単にしたシリーズの中の一冊だった。

(イカロスの物語)

分厚い紙に印刷された表紙には、シャガールを思わせるイカロスの横顔に、青い天馬の翼が力強く重なっている絵が描かれていた。いまから飛び立とうとするイカロスの顔が寂しげなのは、青い絵の具のせいだろうか。

(綺麗)

さちみは、その絵に吸い込まれるように見入っていた。

手にとってみて、こういうものに触るのがものすごくひさしぶりだったことを思い出した。昔は、本を読んだりこういった絵本を見たりするのが好きだったのに、いつのまに忘れてしまっていたのだろう。

いまなら西村にもらった二万円がある。思い切って買ってしまおうかなとレジに行きかけると、携帯に新着メールがあることに気がついた。

「あっ」

『おねえちゃんへ、今日は早く戻ってきなさい』

母親から入ったメールだった。

(削除したい)

さちみは、削除のところにカーソルを持っていって、何度も親指を動かしそうになった。

本当に、この〝名前〟だけなのだ。

この名前だけが、さちみが自分で望んで作ったものではない。

さちみの、思い通りにならない。

（いまいましいこの名前。この名前だけが、わたしの思う通りにいかない……）

さちみはそれを見なかったことにして、急いでほかのメールが届いていないかボタンを押し続けた。

メールを見ているのも不快だった。

「あ、この人。ご新規さんだ」

送信者は、二カ月ほど前からメールのやりとりをしている〝カツヤ〟という男だった。歳は四十二歳で、輸入会社専門のコンサルティング関係の仕事をしているらしい。最近奥さんと離婚してもう結婚するつもりはないけれど、若い子と遊びたいという典型的なタイプだ。

『いま仕事終わったばっかりです。もしカオリちゃんが暇してるなら、会いませんか』

カツヤは、いつも夜遅くまで仕事をしているらしく（仕事相手が海外にいる場合が多いので、向こうの時間にあわせているとそうなるんだという）、誘いがくるのはいつも夜遅くになってからだった。

（この人、いっつも九時近くなってから会いたいっていうんだよね。でも、カオリだったらこのままメイク変えずに会えるし、……どうしようかな）

さすがに西村と一回やったあとではおっくうだとも思ったが、二カ月間メールでやりとりしてきた相手に会えるかもしれないという好奇心が体のだるさに勝った。

(そろそろご新規開拓しないといけないころだしな、会っちゃおうかな)

そのまま店を出ようとして、さちみは手にまだ絵本をもったままだったことに気づいた。

(こんな本、もう読んだって意味ないか)

さちみは急いで絵本を本棚に戻すと、電波が入りやすい場所を求めてブックストアを出た。

いまさら、表面だけ綺麗な子ぶったってしかたがない。

さちみはとっくの昔に、すれてしまっている。

(それに、わたしは墜落したりしないもん)

それでもなぜか、本を手放したあとも、手の中に馬の絵の青さが残っているような気がした。

＊　＊　＊

〝クローゼット〟に戻らなくてもすんだのは幸いだった。

さちみは、手早く携帯のオフ画面を鏡がわりにしてさっとグロスを直すと、電源を入れて前に携帯に送られてきたカツヤの写真つきメールを見直した。いくら何人相手を変えたことがあっても、初めて会うときはそれなりに緊張する。

やりやすい相手だといいな、と思う。会話とか、セックスとか、もちろんお金のこととかは特に――

「カオリちゃんでしょ？」

「えっ」

いきなり、だがためらいがちに声をかけられて、さちみはビクッと肩をすくめた。すぐ目の前に、いままさにメールで見ていたばかりの画像と同じ顔がある。

「そう、ですけど……」

さちみは、胸の中に一瞬よぎった黒い筋にためらいつつ、顔を上げた。

こんなふうに、いきなり声をかけられたことはなかった。てっきり顔がわからない相手からなら、メールか電話がかかってくるだろうと思っていたからだ。おかげで、いままでこんなふうに会話を始めようと思っていたことが、全部ふっとんでしまった。

（いやな感じ）

さちみは、思わず胸のあたりをぎゅっと握った。

こんなのは、困る。

こんなのは、不意打ちだ。

「び、びっくりしました。まさか、わかると思わなくて」

「いやあ、僕もはじめは電話しようかなと思ってたんだけど、すぐにわかったから」

〝カツヤ〟と名乗るその男性は、にこにこ笑いながら横断歩道のほうを指差した。

「ねえ、ごめんだけど、僕ね、いまあがったばっかりでメシ食ってないんだ。なにか食べに行ってもいい？」

「あ、はい……」

さちみはなかば強引に引っぱられるように、ネオンがまぶしい繁華街のほうへと足を向けた。

（変な人）

並んで歩いている間、さちみは何度もチラチラと横目でカツヤの様子をうかがっていた。はじめに聞いていたとおり、カツヤの背はあまり高くなかった。さちみよりちょっと高いくらいだから、もしかしたら一七〇センチないかもしれない。四十二歳にしては太っていない体つきだ。スーツ姿で、鼻にノンフレームのメガネをひっかけ、手にはなにも入っていなくても重そうな革鞄を抱えている。どうやら営業帰りというのは嘘ではないらしい。よく使い込まれた靴だったが、それでもちゃんと手入れがされていて（同じサラリーマンでももっと若いとこうはいかない）、夜の闇にまぎれてしまわずにぴかっと光る。そういえば離婚したばかりと言っていたが、それならだれがカツヤの靴を磨いているのだろうか。

（愛人、とか……）

まさかね、とさちみは内心笑った。とにかく、相手が型にはまった中年の男でホッとする。汗臭くないのも特に好印象だ。

カツヤがさちみを連れて入ったのは、ビルの一室をバーに改装した応接室風の店だった。内部には、デコパージュ加工された六十年代のポスターが並んでおり、ミシンを改造したテーブルやちゃぶ台など、アンティークなんだかモダンなんだかわからない家具が並んでいた。席数もあまり多くない。

案の定、そのときはいっぱいで、降りたばかりの階段を三分後には上るハメになってしまった。

「ごめんね」

と、カツヤはさちみに謝った。

「ううん、いいです」

「うーんと、そうだなあ、ここらへんだったらほかに若い子が好きそうなおしゃれな店っていえば……」

カツヤは、携帯のナビを使って近辺の店をさがしているようだった。その間、さちみはなにを言うでもなく、じっとカツヤの側に立っていた。

（ふーん、やっぱお金持ってるんだ）

盗み見たカツヤの財布は、適度なふくらみがあった。さちみは満足した。

（まあ、お金持ってそうなのはいいけど、あとはちゃんと援交だって認識してくれるかどうかが問題なんだよね）

出会い系で会うような男には、大きく分けて二タイプある。

ひとつは初めから援助交際とわりきって、お金を出すかわりに好き放題するタイプ。このタイプはとにかく若い子が好きで、カラオケや買い物につきあうだけで金をくれたりする。一見するとラッキーな相手なようにも思えるが、太っていたり臭かったりしていっしょに歩くのもいやになるオヤジが多い。

もうひとつは、あくまでこれはふつうの交際だからと、金を出すのをしぶるタイプだ。こっちのタイプの特徴は「家庭を壊すつもりはないけれど、心がない相手とセックスしてもつまらない」とよく口にすることだ。つまり、前者がほとんど家庭で顧みられていないオヤジであるのに対して、後者はそこそこ夫婦関係もうまくいっている。見た目も後者のほうがだんぜんいい。

だからこそ自分にある程度自信があり、うまくいけば金を出さなくても若い子と寝られると思っているのだ。こういうタイプは寝たあとに、「えっ、そんなつもりじゃなかったのに。きみはそんな子なの」とあまつさえこっちを説教してくるからタチが悪い。

（この人はどっちだろう。でも、こんなふうにはじめっからフレンドリーだとなお怪しいんだよね。

……それに、もう九時半だし）

いまからカツヤの食事につきあってそれからホテルに行くなら、そろそろ今日は泊まりになると家へメールをいれなくてはならない。

「ねえ」

急に携帯から視線をはずして、カツヤが言った。

「はい」

「あのさ、食べるところだけど……」

そう言って、さっきの歯切れのよさはどこへいったのやら、急にしどろもどろになる。

「初めて会ってすぐにこれってどうなのって思うかもしれないけど、……その、ホテルで、食ってもいいかな」

さちみがなにも言わないでぽかんとしていると、あわてて言いつくろった。

「い、いや、カオリちゃんがいやならいいんだけど、金曜の夜でどこもいっぱいだし、あっ、なんなら先にいくらか渡してもいいし」

と、おもむろに尻ポケットからさっきの財布を取り出して、札を抜こうとする。

さちみは、思わず吹き出しそうになった。ホテルに行く前に金を渡すなんて、そのままさちみに逃げられでもしたらどうするつもりなのだろう。

（なんだ。この人、援交初めてなの）

急に、三角テントのように張っていた気が、シュルルとひしゃげたような気分だった。

カツヤはちゃんとさちみに金を払うつもりでいる。それに、初めてということは、援交慣れしたオヤジたちのような小ずるさは持ち合わせていないということだ。

これは、さちみにとってなんて都合のいい相手だろう。

(コイツはもうけかな)

さちみは内心ほくそえみつつ、できるだけ〝カオリ〟らしいしどろもどろ感を出しながらしゃべった。

「お金は……、あとで……いいです。それに、わたしもこういうことにはあまり慣れてなくって……。すいません」

「い、いやあ。カオリちゃんが謝ることじゃないよ。あはっ、あはははは！」

カツヤはわざとらしく大声で笑うと、おもむろにさちみの手をとって強引に自分のほうへ引っぱった。

「そっかあ、カオリちゃんも慣れてないのかあ。実は僕、こういうの初めてでさぁ……」

なにそんなに自信を得たのか、カツヤは急に饒舌《じょうぜつ》になった。

(わかりやすい人、この人とうまく続けられたら、阿久津さんとはお別れしよっと)

どんどんと薄暗いほうへ引いていくカツヤに、さちみはあいまいに笑い返した。

(バイバイ、阿久津さん)

——さちみの心の中で、ピッと音を立てて阿久津が消去された。

初めて利用するブティックホテルに入ると、カツヤはさっそくビールとカツカレーを注文した。

最近のこの手のホテルは、まるでレストランのように気軽にルームサービスが受けられるようになっている。できるだけ長居できるよう、ＤＶＤやカラオケなどの設備もととのっており、味も盛りつけも、ひと昔前の、レンジでチンしただけのようなインスタントとは違ってなかなかのものだ。

ものすごい勢いでカツカレーを胃袋にかっこむと、カツヤはテレビのリモコンを適当に押しながら、だらしなくベッドの上に寝そべった。おかげで部屋の中がカレー臭い。

(セックスをする前に悪びれもなくカレーを食べるなんて、女にもてたことないんだろうな)

そんなふうに、さちみは冷ややかにカツヤを観察した。むろん、本人はさちみがそんなことを思っているとは知りもしないだろう。

「そうだ。カオリちゃん。聞いてなかったけど、僕、どう?」

いきなり話しかけられて、さちみは顔を上げた。

「さっき、待ち合わせしたところで僕の送ったメールの写真見てたでしょ。あれ、写り悪くて会ってもらえるかドキドキしたんだけど、実際会ってみてどう？」

「え、どうって……」

実物のほうがかっこいいとでも言ってほしいのだろうか。

さちみは四桁《けた》のロックパスを打ち込むと、カツヤが送ったメールを画面に出した。カツヤの顔の横に並べて、ちょっと思案するふりをしたのち、言う。

「うーん、でもそんなに変わらないかも。写り悪くないよ」

「そう？　でもメールを始めてから長いこと会おうってことにならなかったから、いやがられてるのかなって心配だったんだ」

「そんなことないよ。だって、そんなすぐに会うなんて……、わたしだってだれでもいいわけじゃないもん」

この〝だれでもいいわけじゃない〟というのが、けっこうな殺し文句なのだ。こう言われると、男たちはみんな悪い気がしないらしい。

「正直なこと言うとね……。お金が欲しいのは嘘じゃないけど、でもみんながやっている乱交みたいなのはいやなんです。ちゃんと、そういうことする相手は自分で選びたいの」

カツヤは、まんざらでもなさそうにうなずいた。その態度や表情から、さちみは自分がうまくやれていることを確信する。

「どうしてお金が欲しいの？」

「それは……、大学に入ってバイトしたくないから」

「えっ、それはどうして？」

「だって、大学に入ってバイトしたりサークルとかに入ったりしてたら、勉強する暇がなくなっちゃうから。いまどきの大学生って遊んでばっかりだし、そういうの、わたしはいやなんです。せっかく大学生になったんだったら、思いっきり好きなことしたい」

「ふうん、カオリちゃんはまじめなんだねえ」

カツヤは、そう言って泡ばかりのビールジョッキに口をつける。

「親に仕送りとかしてもらわないの？」

「それはしてもらうけど……、地方の大学に行くなら、家賃以外はいままでためた自分の貯金でまかないなさいってお母さんが言うんです。お年玉は一切使わせてもらえなかったからけっこうあると思うんだけど、美大に行きたいからいろいろと物入りだと思うし……」

これも、まるっきり嘘ではない。

「へええ、美大！」

驚いたように、カツヤがベッドから起きあがる。

それから、ちょっと言いにくそうに声のトーンを落とした。

「そんなまじめな子にこんなことしてしまうのって、なんだかドキドキするな……」

カツヤの太くて毛の生えた指が、さちみの首筋をすっとなでた。反射的にさちみは体を固くする。

カツヤはどんなセックスをするのだろう、とさちみは首筋をなでられながら思った。こればっかりは、一度抱かれてみないとわからないものだ。指を見るかぎり体毛は濃そうだけど、体臭はあまりないのが救いだった。あとはりさ子の友達のように、服をアレまみれにするなんて変な趣味の持ち主でないといい。

(今日はおなかゆるいから、飲まされないといいな……)

さちみが緊張していると思ったのか、カツヤはそれ以上さちみに触れてこなかった。

「先にシャワー浴びてくる? 僕はあとで入るから、ゆっくりしておいで」

さちみは、うなずいた。シャワーを浴びずにセックスするのが好きではないこともあったし、一刻も早くカツヤにはシャワーを浴びてほしかった。

(すごく、カレーの匂いがする)

彼に気づかれないように、さちみはこっそりため息をついた。

カレーは嫌いじゃないけど、カレー臭いキスはごめんだ。

てっきり、シャワーを浴びている途中で中に入ってくると思ったのに、カツヤは脱衣場に現れる様子はなかった。

さちみはボディーソープをたっぷりとスポンジにふりかけて泡立てながら、ガラス越しに部屋の様子をうかがった。ニュースでも見ているのだろうか、部屋のほうから家で父親がよく見ているのと同じ番組のテーマソングが流れてくる。それにしても、やけにボリュームが大きいようだ。

バスタオルのまま出ようかとも思ったが、脱がせるのが好きな人もいるので、さちみはちょっと考えて、いったん脱いだブラジャーとショーツを再び身につけた。それから白い綿シャツとピンクのカーディガン、本来の丈の三分の一を切り取られたS高のプリーツカートも。

「お先です」

部屋に戻ると、ベッドの上にカツヤの姿はなかった。一瞬トイレかと思い、携帯をチェックしはじめたさちみだったが、しばらくしてベッドの上に放られていたカツヤのジャケットと革靴がないことに気づいた。

（えっ、ど、どうして……）

携帯を手にしたまま、さちみは立ち上がった。

「カツヤさん……?」

セパレートタイプのトイレのほうへ行ってみるが、使用している様子はない。さちみはいやな予感がした。急いでドアのところに飛んでいって、そこにカツヤのあの艶《つや》のある革靴を探した。しかし、そこには自分の履いていた合皮のラウンドシューズしかない。

「う、そ……」

そのとき、さちみの目の前のドアがものすごい勢いで叩かれた。

ドンドンドン！

「中にいる人、ちょっと出てきなさい。ここを開けなさい！」

さちみはビクッとして、思わずドアから後ずさった。

(ど、どうしてあのオヤジいなくなってるの。だれがドアを叩いてるの⁉　なんで⁉)

カツヤがなぜいないのか、なぜだれかがこの部屋に入ってこようとしているのか、さちみにはわけがわからなかった。ベッドのある部屋へ戻り、とにかくここから出ようと窓をさがして、こういうタイプのホテルの窓はすべてぬりこめられていることを思い出す。逃げようにも逃げられない。さちみはパニックに陥った。どうしてこんなことになっているの、どうして、どうして――！

「ここを開けなさい。いるんでしょう！　いいですか、開けますよ！」

がちゃがちゃっと施錠を解く音がして、ドアが押し開かれる。

「ひっ」

さちみは携帯を握りしめたまま、その場に呆然と立ちつくしていた。

部屋に押し入ってきたのは、なんと警官だった。ふたりの警官の後ろに、このホテルの管理人らしい中年の女が、カードキーの束を握りしめて立っている。

「きみが、自殺しようとしてたの？」

年配の警官が、さちみに向かってそう言った。さちみは、なぜそんなことを聞かれるのかわからないまま、無言で首を振った。

警官は怪訝《けげん》そうに顔をしかめた。

「えっ、自殺しようとしてたんじゃないの？」

「ち、違います。わたし、自殺なんて……」

「いまうちの署にね、この部屋で女子高生の子が自殺しようとしてるって電話があったの」

さちみは、小さな携帯を抱きしめた。ドクンドクンドクン、心臓の音がやけに耳に響いて、言っていることがよく聞こえない。

「その子、三十分ほど前に男とふたりで入っていきましたよ、たしか」

管理人の女が、警官に向かってよくあることだという顔をして言った。すると年配の警官が、てかてかに光った顔を動かして、さちみの後ろを見ようとした。

「だれかほかにいるの？」

「あの、い、いたんですけど、いなくなってて……」

「えっ、いない？」

「あっ、写真あります。この人です！　この人といっしょに入ってきて──」

たしか、メールが残っているはずだと携帯のピクチャーフォルダを開いたさちみは、親指が凍りつくのを感じた。

たしかに送られてきたカツヤの写真が、消えている。

「うそっ、消えてる。なんで⁉」

頭にカーッと血がのぼった。ほかにもいやな予感がしてメールも確認したが、案の定、カツヤから送られてきたはずのメールが一通もない。

（なんでなんでなんで⁉　なんでよおおおおっ！）

さちみはほとんど半泣きになりながら、夢中でメモリーを追ってボタンを押し続けた。

中に入ってきた若い警官が言った。

「なにか盗《と》られてない？」

「えっ」

「お金とか」

言われて、さちみはあわてて自分のバッグの中を漁った。もともとメイク道具以外は財布くらいしかはいっていないバッグだ。革がよれてくたくたになったブランドものの財布を広げると、妙に軽く感じた。思った通りだった。札入れに一枚も入っていない。

　さちみは叫んだ。

「お、お金、盗られました。お札がないです！」

「いくら盗られたの？」

「たぶん、十万ぐらい」

「十万？」

　若い警官が、どこかうさんくさいものでも見るような目で、さちみをじろじろと眺め回す。

「十万って、きみ、高校生でしょう？」

（あっ）

　さちみは、いま自分の舌がどうしようもないことを紡《つむ》いだことに気づいた。

（やばい、どうしよう！）

　中年の警官が、さちみの体をなめ回すように見て、ため息をついた。

「言いづらいのだけど、もしかして……」

「ち、違います！」

「じゃあなんで高校生がこんなところにいるの。わかってるでしょ、ここがどういうところか」

ニヤニヤ笑いながら近づいてきた中年の警官に対し、さちみは横っ面を張り飛ばしてやりたい気持ちになるのをぐっとこらえた。

若い警官が、手帳になにか書き留めながらさちみに言った。

「じゃあ、被害届ださなきゃいけないからちょっと来てくれる？　とりあえずそこで、名前と住所も聞くから」

（名前と住所!?）

さちみの全身が、さびついて動かなくなった機械のようにこわばった。

（ママに、電話される。そしたら、わたしが援交してたこともぜんぶバレてしまう。ううんそれだけじゃない。学校にだって連絡がいくかも。そしたら、ヘタしたら退学になるかもしれない――）

耳のあたりがカーッと熱くなった。

（どうしよう!?）

その瞬間、さちみは自分でも思ってもみない行動に出ていた。

「うわっ！」

両手がふさがっている警官に体当たりすると、さちみは警官がすっころんだ横を、道を横切る猫のような素早さで走り抜けたのだ。

「あっ、こらっ。待ちなさい！」

自分でも、なぜそんなことをしたのかわからなかった。さちみの中のいちばん早く物事を判断できるどこかが、ここから逃げ出せ！　と叫んだとしか思えなかった。

「こらーっ!!」

足が勝手に動いて、さちみは外へと続く非常扉を押し、無我夢中で階段をかけおりた。入った部屋が二階だったことも幸いした。駐車場になっている地下を走り抜け、いままさに入ってこようとしていた車に急ブレーキをかけさせ、ご休憩いくらと書かれている電飾のついた看板の立っている入り口を飛び出した。

「うわっ！」

「なんなの！」

道行くカップルがなにごとかと振り返っていくのにもかまわず、さちみは走った。しんどさや苦しさは、まったく感じなかった。とにかく、足を交互に動かして走りつづけた。

ここはどこだかわからない。そのまま飛び出してきたから、靴も履かずにルーズソックスのままだ。

息が切れる。

足の裏が痛い。

けれど、ただ逃げる。夜のネオン街の隙間へ、隙間へと……

ネオン街は、どこまでも続いているような気がした。

「はあ……、はあ……、はあ……、ぁ……」

走って走って走って、自分でもどこをどう走っているのかわからないくらいに走って、ようやくさちみは立ち止まった。

そこは、繁華街から少しはなれたところにある住宅街だった。さっきと同じ道とは思えないくらいほとんど人の気配はなく、重たげに電線をぶらさげた電柱から申し訳程度のあかりがこぼれている。

(あ……)

ぽつんぽつんと等間隔に続く蛍光灯のあかりは、まるで飛行機が離陸するときのサインを思わせた。

さちみはゆっくりとあたりを見渡した。

まだ建ってまもないらしいマンションと駐車場の間に、都会らしからぬ木々の茂みが見える。

(だれも、追ってきてない……)

そう判断して、さちみの足がゆっくりと歩みを止めた。

そのとたん、どこからともなく油のような汗がどっと皮膚を押し上げながら吹き出してきた。

「がはっ、ごほっごほっ……」

もう走るのをやめたのに、なぜか息を吸っても吐いても胸が痛い。

「あ――……」

とても立っていられなくて、さちみはへたへたと地面に膝《ひざ》をついた。震えが止まらない。体中の筋肉がでたらめに動いているような、そんな震えがさちみの中をぐしゃぐしゃにかきまわしている。

（なんで……、なんでこんなことになったの……）

息苦しさで、あふれた涙が止まらなかった。さちみはしばらくの間、むき出しのコンクリートの上にうずくまって、いまにも破れそうな肺をなだめようと必死で胸をかばった。

すると、足の裏に刺すような痛みを感じた。

（わたし、靴……、履いてない）

そのときになって、さちみは自分がいま靴を履いていないことに気づいた。走っているときは気にもしなかったが、途中水たまりやゴミも踏んだ気がする。ちょうど雨上がりだったから、靴下の裏はものすごいことになっているだろう。

（クローゼットに戻って、靴を履かなきゃ）

ようやく息が整ってきた。徐々に酸素が回りはじめた頭で、さちみはさっきのことを冷静に考えはじめていた。

（あいつ、あのカツヤって男……）

……警察には、あの男が通報した。それは間違いない。

おそらく、あのカツヤという男は、さちみが風呂に入ったのを見計らってさちみの携帯から自分の送ったメールを消去したのだ。もちろん、送った写真も含めた履歴もすべて。さちみのケータイのロックを解かせるために、わざと自分の容姿のことも言い出したにちがいなかった。四桁の暗号など、指の動きを見ていればだいたいの見当はつく。

そして、カツヤはさちみの稼いだ金を盗むと、堂々と部屋を出て安全な場所から警察に通報した。中で女子高生が自殺しそうだと言えば、もめごとに慣れていて腰の重い警察もすぐに乗り込んでくるだろうと見当をつけていたに違いない。そして、さちみがそこから逃げ出すことも。

なぜなら、さちみが被害額を正直に言うことができないのをカツヤは知っている。援交をしていることを知られたくないさちみは、決して警察に被害届を出すことはできない。

つまり、さちみは絶対にカツヤを捕まえることはできないのだ。

（騙《だま》された。わたしはあの男にはめられたんだ！）

そう思ったとたん、おびえとはまた違った震えがさちみの体の芯のほうからわき起こってきた。

うまい援交相手だと思った自分が馬鹿だった。あのへらへらした態度も、ホテルでカレーを頼むような無粋さも、すべてこっちを油断させるための芝居だったと思うと、さちみは目がくらむ思いだった。

（許せない！）

五分くらいじっと座っているだけで、さちみの体はもとの落ち着きを取り戻した。けれど逆に、考えれば考えるほど心の中はどんどんと酸欠状態になっていく。

（でも――、どうしてわざわざ警察に届けたんだろう。金めあてなら盗んでいくだけでもよかっただろうに……。

あっ！）

さちみは、思わず声を上げそうになってあわてて口を押さえた。

『いきなり終わったあと説教するオヤジとか、ヤリ逃げするやつとかさ。最近じゃ制裁とかって暴力ふるってくるヤツとかいるって』

たしかりさ子は、最近そんなふうなやっかいな相手が増えてきていると言ってはいなかったか。

（あいつは、わたしに制裁を下したつもりなんだ！）

さっき止まった震えが、またさちみの膝を細かにゆすぶりはじめた。

（だから警察に電話したんだ！　あいつはまだヤってないからなんの罪にもならない。ホテルは前払いだからホテルから訴えられることもない。

あいつは…、援交狩りだったんだ)

吐き気がした。さちみはあわてて、ホテルになにを置いてきたかを、めまぐるしく思い出しはじめた。

あの化粧ポーチも財布も〝カオリ〟用だから、普段さちみが学校に持ち歩いているものではない。靴も夜遊び用に買ってロッカーに入れていたものだから、万が一警察があの靴から持ち主を捜し出そうとしても、わたしのものだとわかる人間はいないだろう。

(大丈夫。ばれやしない)

さちみはほっと胸をなで下ろした。すべて〝カオリ〟になりきっていたことが、こんなにも役に立つとは思わなかった。

あとはこの服……。この服をどこかに棄ててしまわないと、だれに見とがめられるかわからない。幸いロッカーの鍵はポケットに入れっぱなしだったから、クローゼットにさえ戻れば服もなにもかも処分してしまえる。

(でも、お金がない。靴を買うお金も、K駅まで戻る電車賃すらない……)

ここからK駅まで、歩いてどれくらいで着くのかさちみにはさっぱり見当がつかなかった。K駅のある方角もわからない。

しかし、いくらお金がないからといって靴下のまま歩いていたりすれば、怪しんだだれかに通報されてしまうだろう。

　さちみは、途方に暮れた。

（どうしよう、どうしよう、どうしよう！）

　そのとき手の中から、携帯がこぼれて地面に落ちた。

「あっ……」

　そのとたん、ぱかっと開いて画面がついた。あわてて拾い上げる。手で照明の光を隠しながら、さちみは無意識のうちに新着メールを探していた。

（そうだ。カオリ宛に来ていたメールを消去しておかないと！）

　もし、警察につかまったときに、それが残っていてはしらばっくれることもできなくなる。

　さちみは、気が狂ったように唯一手の中に残った携帯のメモリーを消去しはじめた。

　とにかく、もう〝カオリ〟にはなれない。カオリの持ちものはほとんど置いてきてしまったし、同じような格好でこの辺をうろうろするわけにはいかない。カオリは消さなければならない。カオリにかかわっていた、すべてのメールアドレスも削除しなければならない。

　カオリを殺す。そう、カオリをここで殺してしまう。さちみが作り上げた、優等生で甘えベタなカオリはもう、この世からいっさいいなくなるのだ！

――削除しますか？／はい。

――削除しますか？／はい。

――削除しますか？／はい。

さちみはものすごい勢いで親指を動かして、カオリ宛に届いていたメールを削除していった。

よし、これでカオリはもういない。あとはこの服さえ処分してしまえば、カオリはいない。カオリは消えてしまった。西村と二度と、会うことはないだろう。

(でも……)

ほっと安心すると同時に、また新たな不安が夕立の雲のようにわき起こってくる。

(どうして、わたしが標的になったんだろう)

さちみは、ぼんやりと考えた。

援交をする女子高生に逆恨みするあまり、カツヤのようないやがらせをするオヤジが増えていることは、さちみもなんとなく聞き及んでいた。けれど、なぜさちみが目をつけられたのかが腑《ふ》に落ちない。りさ子やほかのクラスの子のように、さちみよりずっと派手に荒稼ぎしている子はいっぱいいるし、そういったたぐいの子たちは一晩きりでさちみのように同じ相手と何度も会ったりはしない。

逆を言えば、さちみが会ったことのある相手は、彼女たちにくらべて格段に少ないのだ。

さちみは紹介やクラブ経由でやっていないぶん、行動範囲もずっと狭いし、援交した相手も少ない。女子高生を憎み、制裁を加えようとするような輩《やから》に目をつけられるようなことはしていないはずだ。

残ったメールを見ていたさちみは、ログの中に阿久津の名前を見つけて、なんとなくいやな感じを覚えた。

『いつまでこういうことするつもりなの？』

そういえば、この前会ったとき、阿久津はさちみに向かって援交についてどこか非難めいた言葉を口にしていた。

もしかして、彼もまた援交をする女子高生に対して、いい感情を抱いていないのだろうか。

さちみは、阿久津が最後に送ってきたメールの文章をじっと睨《にら》みながら思案にふけった。

もしそうなら、阿久津もまた、カツヤのようなことをしないとは限らない。

さちみは首を振った。そんなのは、単なる疑心暗鬼だと笑い飛ばしたかった。けれど、疑えば疑うほどだれもかれも信用ならないような気がしてくる。みんなみんな、さちみのことをつまらない、馬鹿な女だと思っているような気がしてくる……

(消さないと。消さないと。消さないと。ぜんぶぜんぶ、消してしまわないと)

さちみは、まるでなにかに憑《つ》かれてでもいるように夢中でメールを消去し続けた。

『リコちゃんへ、いまなにしてますか?』

『リコちゃん、きのうは楽しかったよ!』

『リコちゃん、次いつ会えますか』

消しても消しても残っているリコ宛《あて》のメール。削除しますか。はい。『ニーナちゃんへ』

ああもう、ニーナ宛のメールも出てきた。削除しますか。はい。『レイちゃんへ』あっ、
これはもうとっくに使っていないハンドルネームじゃない。削除しますか。はい。もちろん。

——削除しますか?/はい。

——削除しますか?/はい。

——削除しますか?/はい。

削除、削除、削除……

——ピッ。

「あ……」

さちみは、携帯の画面を見て呆然と立ちつくした。

『0件のメールが届いています　000/000』

(だれも、いなくなってしまった……)

なにもなくなってしまった携帯のメモリーは、まるでいまのさちみの心の中のようだった。

だれも、いない。

(わたしが、消えてしまった)

世間知らずで、ちょっぴりヌけている〝リコ〟。

都内でも有数の進学校に通う、まじめな優等生の〝カオリ〟。

バカだけど、大きな夢を追ってお金をためている〝ニーナ〟。

それは、確かに自分で作りあげたものでしかなかったけれど、さちみはこれらをただの虚構の人格だとは思っていなかった。

本当にいつかはそんな風になって、リコのように愛されるか、カオリのように勝ち組になるか、ニーナのように夢を追うかして生きたい。そうして、地味でおもしろみのないさちみは消してしまう。

さちみを消して、生きたいように生きる。

それでこそ、本当の人生だ。親に決められたものではない。自分自身の手でつかんだたしかな、無駄のない生き方なのだ。

なのに。

(なのに、また、一から作るしかないの……？)

——そのとき、

ピルルルッ

「!?」

突然、なにもない暗闇にメールの着信音が鳴り響いた。さちみはあわてて電源を切った。あたりを見渡し、だれもいないことを見計らってから、おそるおそる宝箱の中身でも見るようにそっと蓋《ふた》をあける。

『おねえちゃんへ』

リコでもカオリでもニーナでもないその宛先に、さちみは思わずうっと喉を詰まらせた。

(ママ!?)

さちみはあわててメールボックスを閉じた。母親に買ってもらった携帯にメールが入ったときは、自動的にこの携帯に転送されることになっているのだ。

さちみは携帯を握りしめたまま、がたがたと震えだした。

リコ、カオリ、ニーナ。そのどれもが、さちみの作りあげてきたものだ。だから、親指一本でこの世から消し去ることができる。もっと言えば、クローゼットにおいてある小道具を処分してしまえば、完璧に消えてなくなるだろう。

なのに、さちみはいなくならない。

さちみは消えてくれない。

消しても消しても、きっと転送されてくる。件名はいつも決まって『おねえちゃんへ』。内容は見なくてもわかりきっている。外泊なんて聞いていませんよ。早く帰ってきなさい。家でご飯を食べなさい。宿題はちゃんとやったの？　外でなにをしているの。どうしてママの言うとおりにできないの――

「い、いやあああっ」

さちみは、発作的に携帯を投げ捨てた。

「いやだ。どうして、どうしてよおおおっ！」

心が、わなわなと痙攣《けいれん》した。

あんなに細心の注意を払って作りあげたリコやカオリやニーナはすぐにでも消えてしまうのに、さちみが最もこの世から消してしまいたいものは、決して消えてはくれないのだ。

（どうして消えてくれない）

さちみは、自分が靄の中にいることを知った。いつもそこにあった、足下にかかる靄のような不安……

（どうやったら、消える……）

（どうやったら、〝さちみ〟を殺せる？）

足下でうすぼんやりと光る携帯を凝視しつづける。

譫のように思った。

——このまま、本当に死んでやろうか。

オフィス街の中心で、不条理を叫ぶ

——暴かれたくないものではなくて、きっと暴いてもらいたい。

かわいいものが好き。

薔薇《ばら》のコサージュに、春を彩るイチゴ柄のプリントスカート。

バッグの縁に描かれたアリスとトランプの行進。どこかシャビーな感じのするベアー。

ふちのほどけた麦わら帽子。ジュエルとリボンがきらきらしいブローチ。

それから、たっぷりとした白のフリル。

いわゆる、〝ロリィタ〟と呼ばれるもの。

それが、あたし、仁科《にしな》リョウコの人生をかけるすべてだった。

なのに――

「なのに、なんであたし、こんなつまんない白シャツに一万二千円も出してるんだろう」

朝の七時四十分。

トーストの焦げた匂いが充満する一階の、キッチンのすぐとなりにある六畳の和室で、リョウコは、買ってきたばかりのシャツのタグを取りながら、ため息をついた。

都内のデパートに入っている、そこそこお値段のはるブランドのシャツは、今シーズンそれなりに雑誌などで取りあげられた流行品だった。襟元のぱりっとした、いかにもデキる女の必需品といった感じで、女の価値を上げるモテシャツとたいそうな広告がのっていたものだ。

残念ながら、まったくリョウコの趣味ではない。

リョウコは、かわいいものを愛するロリィタ愛好者なのだからあたりまえだ。

なのに、それを買っている。

「ああ……」

がっくりと、リョウコは畳の上に両手をついた。

なぜ、こんな服に金を払わなければならないのか。

なぜ、好きな服を着て外へ出かけることができないのか。

本当は、リョウコにはそれがわかっている。心の底にまでしみ通るように理解していて、それでも吠えずにはいられない。

なぜならば、それはリョウコが、ＯＬだから。

「リョウコ、あんた早く食べないと遅れるわよ」

「は、はーい！　いま行く」

あわててシャツに袖を通すと、膝丈《ひざたけ》のタイトスカートに細いベルトを通して、リョウコはふすまを開けた。

二十五坪の狭い敷地に建っている我が家には、ダイニングセットをおいたらもういっぱいいっぱいのDKのほかに、二階に洋室が二部屋、そして一階に六畳の和室がある。もともとは両親が寝室に使っていたこの和室に、わざわざリョウコが引っ越してきたのも、元はといえばリョウコのその趣味のせいだった。

つまり、ロリィタ服はかさばるのだ。和室につきものの押し入れを、収納スペースとして活用しない手はない。

「ちゃっちゃと食べちゃってよ。お母さん、今日、朝出かけるんだから」

「……わかってる」

すでにテーブルの上には、いつもと代わり映えしない焼き色のトーストとコーヒーが用意されていた。今日はめずらしく朝のシフトらしいフリーターの妹の清香《きよか》が、この世のすべてがおもしろくないといった表情で、ダイエットヨーグルトを口に運んでいる。

おろしたてのシャツにケチャップが飛ぶのはいやなので、目玉焼きは塩で食べることにする。

母親が言った。

「リョウコ、あんた出るときにゴミ出していってよ」

「えーっ。この前もあたしが出したじゃない。清香にやらせてよ」

と、リョウコは口をとがらせた。趣味ではないとはいえせっかく新しいシャツなのに、ゴミなんか抱えて歩きたくない。

すると、母親は思わぬ方向から反撃してきた。

「明日の土曜日、あんたいないんでしょ。ほら、いつものお茶会とかなんとか、おかしな服着た子らと会うって言ってたじゃない。家の手伝いしないんだったら、ゴミぐらい出しなさい」

うぐ、と目玉焼きの黄身が喉《のど》につまりそうになる。あわててコーヒーを飲もうとしたが、カップの中身が飛びそうになって、リョウコは一瞬固まった。白いシャツを着ているときはなにかと神経質になるものだ。それが、諭吉《いちまんえん》をはたいて買ったもののときは特に……

「はあ。なんであんた、あんな変な趣味になっちゃったのかしらねえ。高校まではふつうの子だったのに……」

リョウコの横に腰を下した母親が、わざとらしくふうとため息をついた。

「急にふりふりだかイチゴだかいう目眩《めまい》のしそうな柄のワンピースとか買ってきて、そのうちそればっかりになって。お母さん、あんたの気がおかしくなっちゃったのかと思ったわよ。まあね、べつに個人の趣味だからとやかく言いたかないけど、ご近所の目ってものがあるのもちょっとは考えなさいよ」

「…………」

いつもの倍のペースで口の中にパンをつっこむ。返事ができないのではない、したくないのだ。

「ねえあんた、何度も言ってるけど、あんな服着てこのへん歩かないでちょうだいよ。二十九にもなった娘が小学校の女の子が着るような服を喜んで着てるなんて、ああもう、母さん恥ずかしくて外も歩けないわよ」

「わかってます」

「本当にわかってるの？」

朝の番組で流れるテーマソングと同じくらい、毎日聞かされているお小言をパンといっしょに飲み込んで、リョウコは勢いよくコーヒーを飲み干した。

「ごちそうさま！」

だだだっと洗面所に駆け込むと、リョウコはぱっつんとそろっている前髪を斜めわけにして、ジルコニアがパヴェしてあるピンでとめた。あとの髪は上半分だけバレッタでまとめてアップにしてしまう。

（ああ、前髪！）

すべてはこの前髪だ、とリョウコは思った。ロリィタを愛好する者たちにとっては、いついかなるときも前髪は〝ぱっつん〟というのが大前提である。それがロリィタのポリシーであり、ロリィタの誇りなのだ。

（なのに、せっかくのぱっつんをこんなふうに横止めしないといけないなんて！）

いったい、ロリィタのなにが悪いわけ、とリョウコはいつも思わずにはいられない。なにもあたしは犯罪を犯しているわけでもないし、恥ずかしいことをしているわけでもない。自分の働いたお金でやりくりして、趣味を楽しんでいるだけだ。

（ロリ服はふつうにお店で売っている服で、あたしがオタクなわけでもコスプレしているわけでもない。だれにも迷惑かけているわけでもないのに、どうしてこんなにつべこべ言われないといけないの！　それに、まじめに働いて家にお金を入れているあたしがこんなに馬鹿にされて、二十六にもなってフリーターやってて就職する気配もない妹がなんにも言われないのよ。こんなの差別じゃない）

――おいこら日本、いまの世の中は憲法で個人的人権が尊重されてるんじゃあなかったのか、ええどうなんだ！

リョウコは、いまにも渋谷の交差点に飛び出して、この世の不条理を叫びたい気分だった。だけど、こみ上げてくるのは涙ではなく、

（むなしい……）

玄関に出ると、そこには三日分の生ゴミが透明なポリ袋に入れられて鎮座していた。し

かたがなくバッグを斜めがけにして、両手でぐいっと持ち上げる。新しいシャツに、新しいストッキングに、両手にゴミ。なんていい朝なんだろう。かっこわるい。

「行ってきます」

声をかけたが、だれも返事はない。

ふとダイニングを見ると、まだパジャマ姿のまま妹が不機嫌な顔をしてヨーグルトを食べていた。

フリーターは、気楽なものだ。

昔読んだことのある漫画に、人間に交じって生活している妖怪や吸血鬼の話があったけれど、きっといまのあたしもそんなもんなんだわ、とリョウコは思った。

ふと、電車の窓ガラスに映った自分の姿を見る。なんの飾り気もない黒のパンプスに、白シャツ、黒のタイトスカート。我ながらいまどきリクルート中の大学生ですら敬遠しそうな格好だ、と苦笑する。

リョウコは普段、外に出るときはほとんどふつうの格好をしている。それも年相応のOL風――パリっとしたタイトスカートにワンポイントのあるおさえたストッキング、それにのりのきいたシャツという、シャープで大人っぽいラインを意識して作っていた。

髪をバレッタで半分アップにし、アクセサリーも控えめなシルバーというスタイルのリョウコからは、ロリィタ愛好者らしき片鱗《へんりん》はどこにもうかがえない。当然だ。わざわざ興味のかけらもない一般人のファッション雑誌を見て、いまどきのOLに見えるよう細心の注意を払っているのだから。

毎日毎日、もう十年も行ったり来たりを繰り返している通勤ルートを、ドアが開いたと同時にダッシュで駆け抜ける。

(あっ)

発車音のベルにつられるように駅の階段を上がっていると、パンプスの踵《かかと》が変な音を出していることに気づいた。

もう買って二年も履き続けているパンプスだったが、リョウコは踵を替えてでもまだ履き続けるつもりでいた。毎月家に五万入れている身としては、ロリィタ以外によけいなお金は一円たりとも使いたくない。

(ああ、なんで、こんなフツー服のために何万もついやさなけりゃならないんだろ)

フツーを装うためだけに買ったアイテムを着ている自分を見るたび、リョウコは内心くやしくてならなくなる。

本当は、こんな顎《あご》にささりそうなとがった襟のシャツじゃなくて、かわいい丸襟のイチゴシャツが着たかった。スカートの下にはたっぷりとしたレースのパニエを着て、その下はもちろんストッキングじゃなく、ロリィタ御用達の黒のハイソックス。そして極めつけはヒールのないラウンドトゥのストラップシューズ。

ロリィタの基本はラウンド、つまり丸いことだ。丸襟に丸いつま先、そしてチークの形も丸。ロリィタたるもの、先のとんがったミュールを履くことなどぜったいにありえない。

ああ、なのにあたしったら、一般人を装うためとはいえ、こんなかわいげもない黒のパンプスなんて履いて…

（それに、会社のダサい制服だけならまだしも、家からこんなエセ秘書みたいな格好で通勤しないといけないなんて、最悪）

そもそもリョウコがこんな服を強いられているのも、半年前に急に会社の制服が廃止になったからだった。よけいな経費を徹底的にカットすることが目的だったというが、そのせいで、リョウコたち納品管理課の人間は、『お客様と接することが皆無ではないから』という理由でタイトスカートとシャツの着用を義務づけられたのだ。

（ばっかじゃないの。扇風機の羽根の数を数えてるだけの倉庫番が、来た客にお茶出すわけがないじゃないの）

ガタンガタン、と揺れる箱の中でせいいっぱいバランス能力を発揮させながら、リョウコは内心毒づく。

それでも、会社に入りたてのころはまだよかった。どうせ会社服なんて安物でいいと、近くの量販店や通販ものでしのぐことができた。

それができなくなったのは…

「あら、仁科さん。それいいシャツね。〝YESTERDAY〟のでしょう」

と、メイクを直すために飛び込んだトイレで、先輩の高階美津江《たかしなみつえ》が、めざとく新調したシャツを見つけて言った。

リョウコのつとめる会社は業務用の空調管理システムを作っている工場で、彼女は短大を出てすぐにここの会社に就職した。いまでは、ここで在庫の管理や企業への発注・納品に追われ、伝票まみれの毎日を送っている。入社と同時に管理課――別名倉庫番に所属されたから、今年で勤続九年の立派なプチお局《つぼね》だ。

お局といえば、部署のすべてを牛耳《ぎゅうじ》っているような響きがあるが、そんなことはない。プチお局の上には、本物のお局がいるものだ。

この美津江は、まさにその真のお局といえる。

リョウコはあわてて、ファンデーションとともに作り笑いをなでつけた。

「あ、はいそうです」

「やっぱり、ブランドものって着てるだけでなんか違うわよねえ。ほらー、わたしの言ったとおりじゃない」

「はあ……」

あいまいにうなずいた。

本当は、百貨店で売っている高いシャツなんて買いたくなかった。白いシャツなんてスーパーの安物で十分だと思っていたのに、いつだったかこの美津江が量販店で出勤服を漁っているリョウコをみとがめて、

「仁科さんていつも同じようなシャツばっかり着てるのねえ」

などと言いやがったのだ。

「仁科さんももうチーフなんだし、あんな安いところでばっかり買っていないで、いいもの買いなさいよ。そのために、いつもファッション雑誌を回してあげているでしょう」

と、いらぬ親切でぬりかためたような笑顔で、美津江はのたまった。

リョウコの所属する納品管理課には、くだらない慣習がいくつもある。中でも最たるものが、それぞれべつのファッション雑誌の担当になり、発売日には必ず買うというものだった。発案者は、なにを隠そう、このお局の美津江だ。

美津江はこれを「わざわざたくさん買わなくてもいいし、一石二鳥でしょ」と誇らしげに口にするが、彼女の後輩たちの受けは必ずしもいいとは言えなかった。だいたい、自分の買いたい雑誌にまで口を出されてはたまったものではない。雑誌ぐらい、好きに買わせてほしい。

それでも、勤続十五年のお局に「はい、今月からあなたが『ＣＵＮＣＵＮ』の担当ね」

と言われてしまっては、素直にそれに従うほかはなかった。もし、そこで美津江の機嫌を損ねてしまったりすれば、永遠にお昼休みにテレビの見られない席（通称拷問席）に座らされてしまうのである。

（お、おそろしい）

しかし、それがOLというものだ。勤続九年のプチお局であるリョウコは、だれよりもそのことを理解している。

（同じ女の園でも、秘書課は毎日同伴も同じだし、営業の若いもんも出入りするからまだはなやかさがあっていいけど、ウチはなあ……）

美津江のいなくなった手洗い場で、くすんだ鏡に写った自分の顔をみやりながら、リョウコは重いため息をついた。

社内システムを作る情報課や、営業が頻繁に出入りする二階と違って、リョウコたちのいる一階の西の一角は、まったく男の出入りする気配のない女の城だ。ごくたまに、月曜日に外回りから戻ってきた営業の子が、営業先でせしめた発注書をおいていくだけで、普段は男子トイレさえ使われた様子がない（きっと、あれは掃除もろくにしていないんじゃないかとリョウコは思っている）。

はっきりいって、ここはやばい。

相当やばい。

このままでは、リョウコ自身が会社のかかえる、行き遅れ在庫《デッドストック》になってしまう。日の当たらない会社の辺境でちまちま仕事をするのには耐えられても、自分自身がデッドストックになるのはごめんだ。

（あーあ、でもいまさら社内で出会いなんかを求めてもな）

めぼしい男はみんなすでに売約済みで、同期の女子は去年までに全員寿《ことぶき》で会社をやめていった。さすがにここまで来ると、リョウコの心境はじっくりつけこんだ漬物のような香ばしさに達している。

いずれ、自分も美津江のようなお局になるしかないのか、そんなふうに肩を落としたそのときだった。

「仁科先輩じゃないすか」

トイレからフロアへ戻る途中、いきなり呼び止められてリョウコは立ち止まった。

「あれ、ええええっ。まさか、別府《べっぷ》くん」

リョウコを呼び止めたのは、三年後輩の別府啓太《けいた》だった。たしか、リョウコが三年目のときに新人教育をした期で、別府という名が災いしたのか九州地方の営業に配属されたはずだ。

本社へ戻ってきたとは知らなかった。もっとも、一階の倉庫はこの社内で最も情報のまわってこない部署ではあるのだが…

「びっくりした。こっちに戻ってたの。牛原さんとか門津さんとかは元気？」

外回りの営業らしく、ぴしっと糊のきいた襟元にスポーツ刈りの頭をのっけた別府啓太は、見覚えのある薄いグリーンの封筒の束を手に持っていた。きっとあの中には、接待などで使った飲食店の領収書がぎっしり詰まっているのだろう。

「え、先輩知らなかったんすか。めぐみちゃんもエッちゃんも、去年退職しましたよ」

と、啓太は言った。

「ホント？」

「ほんとですって。寿だったんすよ、ふたりとも。そんで本社のほう二人欠けたから、九州のほうがある程度片づいたら戻ってこいって言われてて。で、戻ってきたんです。向こうでやりかけのプロジェクトの引き継ぎに時間くっちゃって」

「あ、そ、そう……」

寿という言葉に過剰反応してしまいそうになって、リョウコはあわてて頬を引き締めた。そんな、朝っぱらから他人の幸運をうらやむようなあさましい女には見られたくない。

「へえ。じゃあ、別府くんは今日から本社勤務なんだ」

「ちゃいますって、オレ今月からずっといますよ。先輩に会わなかっただけで」

関西出身の啓太は、いまでも時々大阪のなまりが混ざる。本人いわく、それでも大学の四年間でずいぶん標準語に矯正《きょうせい》されたらしい。

「月はじめの合同朝礼で、そうあいさつしたはずですけど。オレ、あのときのラジオ体操で先輩見かけましたよ」

そう言われて、リョウコはぽかんとした。

リョウコの会社では、月はじめの月曜日に社員全員で朝のラジオ体操をやるという、やる気があるんだかないんだか謎な慣例がある。転属や転任などは、そのときにまとめて報告があるはずだったのだが、

「マジで？」

「マジっすよ。まあ、あれ以来社内で先輩みなかったですけど。やー、一階って大奥とか冷凍庫とか言われてるの聞いたことあるけど、ホントだれもこないんすねー」

そう周りを見渡すように言われて、リョウコは頬の裏っかわが真っ赤になったような気がした。

（な、なによ。どうせうちは別宅とか言われてるわよ。でも、あんたら営業が持ち込んでくる山のような伝票の処理を、いったいだれが毎日やってると思ってるのさ）

そう言いたいのをぐっと我慢して、リョウコはなんでもないように笑ってみせた。

「時間が止まってる冷凍庫のほうがまだマシよ。あたしなんかあんたの期の新人研修にまわった半年以外は、九年ずーっとここよ。上の総務の子らにも倉庫番とか言われちゃってるくらいだよ」

すると、啓太は笑いながら、

「ひえー。じゃあ出会いとかほんとなさそーっすよね」

と、言った。

「えっ」

それはどういう意味か、それともとりとめのない会話の一例としてさらっと流せばいいのかリョウコが判断しあぐねていると、

「あっ、ヤベっ」

ふいにふたりの上に始業前のチャイムが鳴り響いた。

リョウコは、いそいそと体をドアのほうに向けた。

「じゃ、じゃあ戻るね」

「あ、えーっと……」

啓太は、まだなにか用があるのか、なにかを言いかけていたが、封筒を持ったほうの手を軽くあげて、

「あとでまた、処理伝票《しょりでん》もらいに来ます」

そう言ったかと思うと、ダッシュで非常用階段を駆け上がっていった。

リョウコはしばらくフロアへ戻るのも忘れて、ぼーっと廊下に立ちつくしていた。

たしかにリョウコの会社には、新人のうちは社内エレベーターを使うべからずというあ

りがたい〝不文律〟がある。

もっとも、三年目を過ぎたら、エレベーターを使ってもいいはずなのだったが……

「いまでも、守ってるんだ」

なんだか、閉め切っていた部屋の窓が、突然開いたような気分になった。


「そういえばさ、リョウちゃん先輩が始業前に話してたのって、だれ？」

ＯＬという人種は、悲しいかな、たった一時間の昼休みすら、自分の思い通りに過ごすこともままならない。弁当組はいわずもがな、せっかくコンビニで奮発してデザートをつけたリッチな昼食でさえ、『みんなで』食べることが決められている。

もし、それをいやがってこの輪からはずれて外出しようものなら、帰ってきたときには自分の席があるかどうかすらわからない。ＯＬとはそんなこの世の不条理にまみれて生きているけなげな生き物なのだ。

リョウコが給湯室で、『みんなの分』のお茶を入れて色が出るのを待っていると、去年入ってきたばかりの後輩の池上雪子《いけがみゆきこ》が、待ってましたとばかりにからんできた。

「ねーねー、営業にあんなサワヤカタイプのイケメンっていましたっけぇ。リョウちゃん先輩の同期の人ですか？」

四重塗りしていると言っていた睫毛《まつげ》に縁取られた両目が、昔の少女漫画のようにキラキラ光っている。

なにせ、リョウコのいる管理課は、ヘタをすると一日警備以外の男に会わなかったりするところなのだ。その男日照りっぷりも半端でない。

しかし、どこに隔離されていようが干されていようが、そこは女。

新しく配属されてきた男の情報や（女の情報はあえて無視されている）、社内恋愛などの噂《うわさ》には敏感に反応する。

「ううん、同期じゃなくって、ほらあたしが三年目のときに面倒見た新人なの」

「えー、ってことは、雪子《ユッコ》の五年上の先輩ですかぁ？　でも、あんま社内で見たことないんですけど」

「たしか、別府くんは研修明けからずっと九州に詰めてたから、本社の人間はほとんど知らないと思うよ」

「そーなんだ」

それから、上目遣いでリョウコのことをねっとりと見上げてくる。

「雪子の見るかぎり、なーんかいい雰囲気でしたよぉ。疑惑ぅー」

「まっさか、やめてよ。さっき六年ぶりに会ったんだよ」

「じゃあ、いいじゃないですか。いっちゃえば。先輩の期の女子って、先輩以外はみんな寿でしたよね」

こいつ、いやなこと思い出させやがって……、とリョウコは内心舌打ちした。

リョウコのいる管理課には男がいない。いちおう課長は男だが、それも営業二課の課長がかけもちといういいかげんさなので、リョウコたちは上司がここのデスクに座っているのを見たことすらなかった。

男がいないのだから、当然出会いそのものもない。同期の女子全員が社内結婚でやめていったことを思えば、リョウコはスタートダッシュでけつまずいたとしかいえない状況だった。

（いーや違う。ぜんぶこの配属が悪い！）

と、リョウコは声を大にして言いたかった。ふつうに半分が…、いやせめてフロアにいる三分の一が男だという部署だったら、いまごろは…、いまごろは自分だって…

だが、悲しいかな、現実は彼氏いない歴五年を絶賛更新中だ。

（だってさ。会社以外で男探すのって、そんなに楽じゃないよ）

もちろん、外での出会いを求めて社会人サークルなどに入ってもよかったのだが、貴重な週末はロリィタのお茶会に出かけてしまうため、そんな余裕もない。

それに、自分では特にそうしているつもりはなくても、この歳になれば自然と結婚を意識してしまうものだ。気がつくと、若いころとはまた違った目で男を観察してしまっている自分がいるのだった。

特に、特殊な趣味を持っているリョウコとしては……

（条件としてははずせないのは、やっぱアレだな。ロリ服を着ていても許してくれる彼氏だったら最高なんだけど）

これは、リョウコ的には譲れない。

これだけは。

かれこれそんなこんなで、ここ五年ほどはひとりでクリスマスを迎えているわびしいリョウコである。

二十九歳、独身。事務職。

負け犬直前、崖っぷち。

もういっそ、ホモの偽装結婚でも契約結婚でもいい。セックスなしなら金持ちのジジイ後妻だってオッケーだと友人に愚痴っていたら、まだ人生棄てるには早すぎると逆に諭されてしまった。

（でもいないだろうなあ。二十九になってもロリィタ着てる女が好きって男は……）

フロアに戻ると、ランチ番長のお局美津江をはじめとする管理課の女子六人が、テーブルの上にお弁当を広げてお茶を待っていた。

「あ、仁科さん。早く早く。〝笑っていいかも〟始まってるわよ」

これだ。

この光景を見るたびに、なにか酸っぱいものがこみあげてくるようで、リョウコはいたたまれない。

（この、ランチはみんなでとらないといけないっていう慣習を作ったやつ、いますぐ出てこい）

昼休みの間だけつけることを許されるテレビは、アイドル好きの美津江の趣味でここ数年同じチャンネルに固定されたままだ。

みんなが、もくもくと弁当を口に運んでいる間も、若手のお笑い芸人とアイドルと新作の映画を宣伝しにきたゲストが番組を進行させていく。

「ねえ、これってえ、たしか生放送なんですよねえ」

箸《はし》の先をねぶりながら（おまえはいくつだ）、雪子が間の抜けた調子で言った。

「雪子が小学生のころからやってるんですよねえ。すごーい」

「わたしが小学生のときもやっていたわよ。あなた覚えてないの」

と、美津江が言った。こういう話題には参加しないほうがいいことを身をもって知っているリョウコは、ひたすら黙ってテレビを見ているふりをしている。

ばかな雪子は、そのまま話題を続行した。

「えーっ、でも高階さんが小学生のときって、雪子まだ生まれてませんよぉ」

瞬間、ピシッと音をたてて空気が凍る。

（お、ひさびさに地雷踏んだな）

おそるおそる盗み見ると、案の定、美津江がものすごい表情で雪子のことをにらんでいた。

長年、美津江の下でプチお局経験をつんできたリョウコには、美津江の気にさわる話題に話が流れていきそうになると、カンでわかる。

そういうときは、知らないふりをするのがいいのだ。へたにかかわって、テレビの見えない拷問席に座らされるのはごめんである。

案の定、美津江はブチ切れた。

「そんなこと、べつに聞いてないでしょ！」

「え、で、でも……」

急に不機嫌を全開にした美津江に、雪子はようやく自分の失言に気づいたのかおどおどと口ごもった。

「池上さん、あなたねえ。そういうおせっかいというか出しゃばりが、会社のチームワークを乱すっていうの、まだわからないの」

「は、はい……。スミマセン」

「もう社会人になって二年でしょ。ああ、もうまったく、これだから最近の人って、引きこもりだのニートだのいういいかげんなのが多いのよねえ」

　この場合、雪子の踏んだ地雷とニートはなんの関係もないのだろうが、そんなことを指摘するものはこの場にはいない。みんな我が身はかわいい。

　すると、場の雰囲気を見かねたらしい雪子の同期の鵜月《うづき》エリ菜《な》が、絶妙のタイミングで助け船を出した。

「あっねえ、あれ見てくださいよ。この屋上から叫ぶヤツって似たような番組ありませんでしたっけ」

　みんなの視線が、エリ菜の顔の上に集中する。すると、彼女はやや無理をしている笑顔で言った。

「たしか美津江さんの好きな、ジャッピーズの番組かなんかでしたよね。あれ、おもしろいですよ」

「あ、そうそう」

「そうよね」

　一刻も早くこの話題から逃れたいほかの女子たちが、一斉にテレビ画面に見入る。

　ちょうどその番組では、どこかのビルの屋上から一般人が叫んでいる様子が映し出されていた。

「これの学校バージョンがあったような気がするんですけど。似てません？」

「W6の『高校へ行こう』でしょ」

「あ、そうそう。それ」

(いいやつだな。鵜月)

と、リョウコはコンビニ弁当の玉子焼きをかみしめながら思った。わざわざ怒り狂ったお局に話題をふって話をそらそうとするなど、だれにでもできる芸当ではない。

(さすが、同期愛)

「あの番組、おもしろいですよね。W6ってあんまりよく知らなかったんですけど、ついつい見ちゃうんですよ」

「もう四年も続いてるのよ」

まるで自分のことを褒められたかのように美津江が言う。どうやら、お局様のゴキゲンは直ったらしい。

(はー、助かった。せっかくのランチタイムを台無しにされちゃたまらん)

エリ菜が話題にしたのは、〝ビルの屋上で不条理を叫ぶ〟という、自分の会社の屋上から言いたいほうだい叫んじゃおうという素人のコーナーだった。それの元になった高校生バージョンが、同じ局の美津江の好きなアイドル番組で人気を博している。

リョウコも、こういう企画をやっていたのは知っていた。お昼休みにビルの真下に集まった同僚たちの前で、いい歳したサラリーマンが家族へメッセージを叫んだり、社内恋愛の暴露があったりして、ほかの社でもちょっとした話題になっていたのである。

　みんなの関心がテレビに向いたところで、エリ菜がこんなことを切り出した。

「これ、どこの企業でもいいんですよね。だったらわたしたちも応募しませんー？」

「ええっ」

（突然なにを言い出すんだ、こいつは）

　リョウコは面食らった。

「えー、だっておもしろそうじゃないですか。わたし、『高校へ行こう』を見ていて、社会人にもあったらいいのにってずっと思ってたんですよね」

「ふーん、エリちゃん、だれか告白したい人とかいるの？」

「そ、そういうわけじゃないけど……」

　エリ菜は、どこか恥ずかしそうに、

「なんとなく、会社の屋上から叫ぶとすっきりするかなあって」

「でもさあ、全国ネットなんだよ。恥ずかしいじゃない」

「そーですかねえ。上なんかは、会社のいい宣伝になるからって言ってましたよ」

（おいおい、本気かよ）

　リョウコは、一見どこ吹く風という顔をしながら、番組にメールを出そうか出すまいかで議論しているエリ菜の横顔を盗み見た。

少し下がり気味の目尻はあまりラインを描いたりせず、頬のチークは斜めからではなく頬骨からこめかみにかけて楕円形に入れている。そういえば、エリ菜が口紅をつけているところを見たことがない。いつもテカテカにグロスを塗っている。

(こいつ、見れば見るほど、なーんかロリィタくさいんだよね)

リョウコは、長年培った観察眼をピタリとエリ菜にあわせて、彼女の広げている持ちものや言動を見ていた。

いくら一般人を装っていても、同族には隠せないことがある。

たとえば、彼女の持っている化粧ポーチ。なんだポーチくらいと思うかもしれないが、実はこういった小物入れやちょっとした弁当箱の柄なんかが、同族を見分けるコツだったりする。

この鵜月エリ菜の場合、いまちまたで、はやっているピンクの猫のプリントがされたポーチを使っていた。かなり使い込んでいるふうだったから、会社用と自宅用に分けていないはずだ。

あの猫のキャラクターは広く人気があるが、ここまですべてピンクまみれなのは怪しい。ピンクはロリィタの基本色だからだ。

(それに、ちょっとコンビニに出るときなんかに使う手提げがイチゴ柄ときてる。これはもうほとんどクロでしょう!)

ほかにも、怪しいと思われる部分はたくさんある。ロリィタは、かならず持ち手が二本ついたバッグを使用し、それも体の前で両手で持つのだ。決してトートバッグを肩から下げたりしない。

また、彼女は決してストッキングをはかず、いついかなるときも黒のハイソックスをはいている。ロリィタの基本を忠実に守っているのだ。

そしてなによりもロリィタは爪をのばさない。ロリィタたちはレースが引っかからないようにするため、つねに爪の先をもラウンドに保っている。

エリ菜は、一見ごくふつうの会社員を装っているものの、間違い探しではいくつも間違いを指摘されてしまうようなレベルだった。リョウコは新人のときに配属されてきた彼女を一目見てから、ずっと彼女は怪しいのではないかと思っていたのだ。

（しかし、言えない！）

リョウコは、デザートがわりに買ったゼリーをこれ以上ないくらいにかみしめた。

本当は、いまよりもずっと仲のいい友達になって、来シーズンのアイテムのことや、ロリィタの着こなし、某ブランドのプレセールのことなどを話したい。やっぱりイチゴ柄って最高よねとかどこどこのブランドの縫製はていねいでいいとか、アリス柄にレース、数が少ないアクセサリーについてとことん語り合いたい。

でも、それが許されないのが、仁科リョウコ二十九歳人生にもロリィタにも崖っぷちの辛いところだった。

（ああ、己の完璧な猫かぶりっぷりが憎い！）

細身でぽってりとした唇のエリ菜が「かわいい服が好きです」とカミングアウトしたところで、世間は二十三歳という彼女の歳と顔で許すだろう。

しかし、リョウコはそうはいかない。なにせリョウコは入社以来、〝知的でさっぱりしていて仕事の速い仁科さん〟で売ってきたのである。

世の中を偽り続けて九年、いまさら「イチゴ柄のベビードールで寝てまーす」なんてどの面下げて言えるだろう。言えはしまい。

「ねえ、リョウコ先輩も、会社の屋上から叫んだらストレス発散になると思いませんか」

いきなり不意打ちのように話題をふってきたエリ菜に、リョウコはあくまでおつきあいのように返事をする。

「うーん、でもその後面倒なことになったらいやだしね。会社をやめるつもりならべつだけど」

「そうかなあ」

残念そうにエリ菜が唇をとがらせる。

それっきり、リョウコはこの話題には参加しなかった。

マジメなＯＬと偽り続けて早九年…

いまさらカミングアウトなんて、できはしないのだ。

＊＊＊

月末の締め日と、出張に出ていた営業どもが山ほど発注書を持ち帰る四週目の月曜でないかぎり、リョウコの退社時間は六時と相場が決まっている。

「おつかれさまでしたー」

「おつかれー」

「おつかれさまでーす」

最近、二の腕と内股を引きしめるためにジムに通い始めたという美津江がフロアから出て行くのを確かめたあと、リョウコはぐったりと椅子にしなだれかかった。

（やれやれ、これでよーやくあたしも帰れる）

近ごろダイエットのためにジムに通うのが、リョウコのいる管理課では流行《はや》っているらしい。ダイエットと恋愛とコスメは、女性にとって永遠の興味の的だから、リョウコとて無関心ではいられなかった。

それに、ロリィタの服を着こなすためには、ある程度のお人形体型が基本になる。

（あたしもジムでも通おっかなー。最近背中に肉がついてきたような気がするしさ）

たしか駅前のビルにボクシングジムが入ってたっけな、とリョウコは昨日新聞にはさまっていたチラシのことを思い出した。二の腕を引きしめるには、レディースボクシングがいちばんだと、ロリィタ仲間も言っていたような気がする。

「さて」

ファイルのバックアップをとったのを確認して、リョウコはてきぱきと帰り支度を始めた。

（いよいよ明日は、待ちに待った月に一回のお茶会だ！）

毎月第一土曜日に、気の合うメンバーだけで、個室のあるイングリッシュティールームに集まってお茶をする。もちろん、全員ロリィタ愛好者のお嬢さんたちばかりだ。ふっくらと焼き上がった素朴な味のスコーンと、ロイヤルミルクティー。それから、いろとりどりのジャム。

アンティーク家具の並んだ部屋でテーブルを囲んで、好きなもののことだけを思いっきり口にできる日。それが、リョウコにとってなにものにも替え難い憩いの時間だった。

もちろん、この日に着ていく服は、何週間も前からコーディネートずみである。

（早く、早く明日にならないかな。毎回駅の公衆便所で着替えるのはめんどうだけどさ）

リョウコの母は、リョウコがロリィタであることがご近所に知られるのを極端に嫌うため、たとえ休日であろうとロリィタ服を着て外出することはできなかった。なので、リョウコは毎回大きなテニス用のボストンバッグにロリィタ服やヘッドドレスなどの小物一式を詰めて、駅のトイレでメイクと着替えをすませ、それからお茶会の会場に出かけているのである。

その間、普通服はコインロッカーに預けてしまう。行きはよいのだが、しゃべり疲れてくたくたになった上にトイレで着替えて帰るのは、はっきりいってかなりめんどうくさい。

それでも、家にパラサイトしている以上、家主である両親が法律だ。いやなら出ていけと言われてしまっては、リョウコにはぐうの音も出ないのだから。

(結婚したいなあ)

リョウコは、リノリウムの床にコツコツと踵をうちつけながら思った。

(結婚すれば、やれ二十九歳でロリィタとか、仁科家の不良債権とか言われずにすむのに。そりゃあ、先だつものを見つけないと無理だってわかってるけどさ)

昔は、いろいろ相手を夢見たこともあった。背が高くて、学歴が高くて、勤め先がよくて、人当たりがよくて、いっしょにいてほっとする人。できれば医者とか弁護士とか、それは無理でも、こんなご時世だからこそ手堅く公務員もいい。

それが、だんだん歳をへるごとに現実という荒波が押し寄せてきて、リョウコの夢を砂浜の砂のように削っていった。

医者じゃなくてもいい。高学歴なんかでなくてもいい。背も、あたしより高ければかまわない。少々人当たりが悪くても、会社が三流でも自営でも、いっしょに生活ができるレベルであればぜんぜんオッケー。

でも、たったひとつだけ譲れない条件がある。

それはロリィタに理解があること。

（べつに、おそろいのイチゴ柄のパジャマで寝ろって言ってるわけじゃないのよ。ただ家中のファブリックやリネンをイチゴ柄にしても怒らない人ならば……。いやいやせめて、あたしがフリフリのロリィタを着ていても平常心でいられる――いっそ華麗にスルーしてくれる――人ならば！）

しかし、探し方がわからない。

男はお見合いパーティに行けばわんさかいるが、ロリィタ服ＯＫの男の探し方がリョウコにはさっぱりわからない。

仲間の中には、お見合いパーティにロリィタ服で出かけていったものがいるが、チキンなリョウコにはそんな過分に勇気がいることはできない。

「あーあ、だめだあ。こりゃもうどーしようもないって！」

と、リョウコは痛いのを承知でコンクリの壁に頭をごつっとぶつけた。

すると、唐突に聞き覚えのある声が、リョウコの頭の上にふってきた。

「なにがどうしようもないんですか」

見上げると、朝礼前に会ったばかりの別府啓太が、階段の途中から身を乗り出して、なにか冊子のようなものをひらひら振ってみせている。

「べ、別府くん……」

「コンクリートにやつあたりなんかしているとこをみると、なんか仕事でミスでもしたんですか」

「う……」

悶々としながら廊下を歩いていたところを見られたかと思うと、耳まで真っ赤に染まりそうだった。

「そ、そうじゃないの。なんでもないのよ」

「ふーん。でも間に合ってよかった。いまから帰るんすよね。俺、先輩に用があったんですよ」

「用って？」

彼は、手にしていた無料クーポン雑誌を開いて、大きく丸でかこってある部分を指さした。

「実はですね。今度うちの部署で送別会をすることになりまして、それで俺が幹事をすることになったんですけど、いまいち場所がわかんないんですよ」

リョウコは、そのクーポン雑誌の記事をのぞき込んだ。

「へー、沖縄風居酒屋。座席数三十五か。ここでするの？」

「……のつもりなんですけど、ほら俺戻ってきたばっかで東京の地理ってわっかんないんで。なんで、先輩つきあってくれません？」

「えっ、あたし？」

リョウコは、自分のほうを指さしてすっとんきょうな声をあげた。

「だって、こーゆーとこ、ひとりで下見にいくのむなしいじゃないですか」

「え、で、でも……」

それってどういう意味だろうと、リョウコはめまぐるしく思考を働かせた。

たしかに、啓太の所属する営業二課は新しいもの好きが多く、飲み会をやるにも絶対に同じところではやらせないと聞いたことがある。だから、営業二課の宴会係に指名された者は、毎月月末の配布日にはダッシュでコンビニへ走って、この冊子をゲットしなければならないのだ。

(これって、もしかして遠回しなデートのお誘いだろうか)

リョウコは、柄にもなく心臓が余分に打っているのを感じていた。

(いやいや、違うって。たしかに彼には本社に見知った人間がいないわけで、あたしを誘ったのも、唯一ここで知ってる人だったからかもしれないし……)

それに、なんといっても明日は待ちに待ったお茶会である。場所などの確認のため、リヨウコは行きつけのチャットに、夜九時ジャストにネットに上がることを約束していた。

いまから別府と飲みに行ったのでは、九時には帰宅できないだろう。

「ご、ごめん。家の用があって、今日は早めに戻らないといけないの」

家の用であって、ほかの男と会うわけじゃないのよ！　と匂わせることくらいしか、そのときのリョウコにはできなかった。

啓太は、拍子抜けしたように冊子を引っこめると、

「あ、そうすか。忙しいのにすんません」

「ううん。こっちこそゴメン。今度でよかったらつきあうから」

「ほんとすか？」

しおれた花の首が一気に元に戻ったように、啓太はぱっと顔をほころばせた。

「じゃあ、月曜は報告会だけだから週明けに行きましょう。それまでに仕事カタしときます」

「あ、ちょ、ちょっと別府くん！」

ぐいっとその冊子をリョウコに押しつけて、ダッシュで階段をかけ上がる。彼は踊り場で一度振り向いて、「あとで、もいっかいメルアド教えてください」と言った。

「……」

突風みたいな子だ〟とリョウコは思った。

「その彼ってさー、絶対〝りぃな〟ちゃんに気があると思うなー」

土曜日の午後、吉祥寺にある穴場のティールームで、お茶会メンバーのひとり〝カンナ〟さんが、スコーンにクロテッドクリームをたっぷりなすりつけながら言った。

このアリスのお茶会は、とあるネットの掲示板で知り合ったメンバーが、自分たちの服やコーディネートやロリィタ関係のことをあれこれ話す場として、月に一回開いているものだ。

基本的に、ロリィタにもいろいろな分類があって、ゴスロリと呼ばれる黒を基調とした背徳的な印象のロリィタや、甘ロリと呼ばれるかわいいもの・パステル系を中心にしたものがある。ほかにも、いわゆるロリィタを愛好するオタクの人たちをオタロリといったり、ヴィクトリアン系をモチーフにした、少しお姉さんぽいロリィタをクラシカルロリといったり、その分類の仕方は千差万別だ。

リョウコたちのグループは、どちらかというとあまり分類は気にせず、思い思いにロリィタを楽しんでいる集まりだった。今日集まったメンバーの服も、パステルピンクや白を中心にした甘ロリ系から、レースとフリルたっぷりのコテロリコーディネートまでさまざまである。

リョウコは、先日ネットオークションで落札したばかりの、人気ブランド〝アメージング・グレイス〟のサクランボ柄のワンピースに、白のちょうちん袖がかわいいブラウスという完全ロリィタ装備でお茶会にのぞんでいた。もちろん、これらは家からは着てこられないので、いつも使っている大きなテニス用のボストンに入れて持ってきたのである。

すっかり横にくせがついてしまった前髪を全おろしにし、ヘッドドレスをつけて、ふりふりとフリルのはみ出したドット柄のバッグを手に電車に乗ると、たいていの一般人からは奇異の目で見られる。だが、それも心にもない買い物で諭吉とお別れしなければならなかったむなしさに比べればどうってことはない。

ちなみに、りぃなというのはリョウコのハンドルネームのことである。オンで知り合った面子《メンツ》とは、オフでもオンでも同じハンドルネームで呼び合うのが通例だ。

「じゃなかったら、わざわざりぃなちゃんに声かけたりしないでしょー」

「そ、そうかなあ。でも、あたし、彼とは昨日再会したばっかりなんですよ」

「そう、だからよ」

カンナさんは綺麗に切りそろえられた前髪の下にある両目を、キラリと光らせた。

このグループのリーダー格であるカンナさんは、三十一歳の子持ちの主婦である。もうロリを卒業したつもりが、子供の服を作っているうちに自分も着たくなったという、いわゆる出戻りロリィタだ。

「ふつう、転属してきたばっかりだったら、なにはともあれ同じ部署の面子と仲良くなろうとしないかしら。りぃなちゃんの部署って、たしかお局を筆頭に女しかいないんだよねえ」

テーブルを囲んだほかのメンバー、さゆりさん、エマさん、みゆうさんも、カンナさんと同じ意見のようだった。カンナさんの指摘したことに、うんうんと無言でうなずいている。

〝予約〟の段階で早くも売り切れていた人気ブランド〝ヴィクトリアン・フォレスト〟のレースプリントワンピで身を包んださゆりさんが言った。

「りぃなさんは、その人のことどう思ってるの？」

「えっ、ど、どうって。昨日会ったばっかりで、どうってのは……」

「悪くないと思ってるなら、つきあってもいいんじゃない？　ロリ卒業するきっかけになるかもよ」

「う……」

痛いところを突かれて、リョウコは思わずスプーンをかじってしまった。

そうなのだ。

ロリィタにも卒業時期というものがある。多くのロリィタたちは、自分で『もう無理そう』『潮時だ』と思ったときに卒業を決心するのだという。

なにごとにも、引き際というものがある。この引き際を見誤ると、みっともない『オバロリ』というレッテルを貼《は》られてしまう。

リョウコも、自分がその引き際ギリギリに立っていることを十分に承知していた。

（うーん、別府くんかあ。たしかに脈はありそうなんだよね）

正直なところ、別府のことをいいか悪いかで問われたら『いい』と答えるだろう。彼は、新人のときに教えた仲とはいえ、いまではリョウコより（直接ではないが）上にあたる。短く刈り上げた髪は清潔感があるし、ひょろひょろとしたモヤシのようだった六年前とは別人のように、——こんな風に表現すると言い過ぎかもしれないが、たくましくなっていた。実際、向こうから声をかけられなかったら、ずっと気づいていないままだっただろう。

リョウコだっていつまでもうぶな小娘でもないから、相手が自分に興味や好意を持っているということは、話しているとなんとなくわかるものだ。カンナの言うとおり、帰り際の別府の態度は、あきらかにリョウコを誘っていた。いわゆる「おつきあいしましょう」の第一段階のお誘いだったのだ。リョウコがそれらにすんなりと応じれば、向こうもさらに脈ありとみて、映画やドライブに誘ってくるだろう。誘い方もオーソドックスだが実に自然である。『幹事を押しつけられたけれど、東京に戻ってきたばっかりで地理がよくわからない』とは、なかなかスマートな理由づけではないか。

となると、このままとんとんと進めば、三回目ぐらいのデートで「つきあいませんか」

になるに決まっている。

「やっぱ、二十九って卒業し時なんですかねえ」

リョウコは、ため息をついた。

「その彼が、ロリィタ好きなら迷う必要ないんじゃない？」

「そーよそーよ。ウチの彼氏なんか、けっこう理解あるよ。あんまりすごいのじゃなかったらデートのときに着てきてもいいって」

既婚者のカンナさんをのぞけば唯一の彼氏持ちであるみゆうさんが、かわいく編んだおさげをいじりながら言う。

「デートのときに、さりげなくロリショップの前を通って反応みるとかしてみれば？　それであんまり拒否反応なさそうならつきあっちゃえばいいじゃん。意外と『あっそう、ふーん。いいんじゃない？』で終わる男も多いよ」

「そうそう。いきなりだとびっくりするだろうから、初めは小物とかバッグとかだけロリにして、だんだんと慣らしていけばいいのよ」

「でも、わたしの前の彼氏はいやっていうタイプでしたよ」

と、陰鬱《いんうつ》な表情で口を挟んだのは、昼間は一流事務所につとめるばりばりの弁護士だという兼業ロリィタのエマさんだった。

「なんかね、彼氏の趣味でそんな服着させてんだろうって思われるのがいやだって言ってました。それで、彼とのデートのときはずっとロリ禁止だったんです。それがしんどくって、結局別れたんですけど……」

「あー、隠れロリィタは辛いよね」

さゆりさんが、ほうっと頬に手をあてて言った。

「ほら、あたしの親もあんまりロリィタにいい顔してないし、親にも疎まれて、会社でもロリィタ隠してってなると、ホント居場所がないっていうか」

「そうなんですよ」

「その上、彼氏までロリィタ禁だと辛いなー」

ＯＬ仲間のさゆりさんとエマさんは、リョウコと同じく会社ではロリィタであることを隠して一般人を装っている、いわゆる隠れロリィタ仲間なのだった。

「なにが腹立つって、会社用に着たくもない服にお金を出さなきゃなんないとき」

「あー、わかるわかる！　わたし、昼間は鏡も見たくないもん」

「ヒール靴履いてると、なんだかむなしくなっちゃってさ。せっかく癖になった内股が似合わないってゆーか」

「だよねえ」

こうやって、気のおけない仲間たちとわいわい愚痴りあって、大好きなロリィタについてとことん話し合う時間が、リョウコにとって唯一ストレスを発散できる場所だった。

しんどいのはあたしだけじゃない。

そう、リョウコは何度も自分に言い聞かせた。

みんな、社会人とロリィタの二足のわらじを履き続けるのに苦労している。主婦のカンナさんは、ロリィタを隠す必要はないけれど、子供の養育費のためにロリ服にあまりお金がかけられない。それは学生のみゆうさんも同じだ。

(辛いのは、あたしだけじゃない。だけど……)

アリスのお茶会は、ティールームが閉まる午後七時を前に解散になった。疲れがたまっていたリョウコは、これから新宿の丸井へショッピングに出かけようというみゆうさんたちの誘いを断って、帰途につくことにした。

K駅のコインロッカーに預けていた服を取り出し、トイレに入ってロリ服を脱いでいるとき、リョウコはふいに自分自身の自尊心まで削られているような、なんともいえないなさけない気分になった。

(がんじがらめだ)

いつも、お茶会の帰りはこうだ。

胸の中で風船をむりやりふくらまされているような、そんな息苦しさを感じる。

(いつまで、嘘の服と嘘の言葉で武装してればいいんだろう)

会社のことは、まだあきらめられる。ああいう集団の中では、どんなにすぐれたオンリーワンより、最大公約数が尊重されることを、リョウコは九年間のＯＬ生活で学んでいた。本当にやりたいことを仕事にできる人間はごくわずかだ。リョウコとて、いまの安定した職を棄ててまでロリィタ服の販売員になる気は、いまのところ起きない。

もやもやしているのは、そのことではない。

こんなにも生きづらく、しめつけを感じるのは、ほっと一息をつくはずの家でもリョウコが受け入れられていないことだった。

街灯の下をとぼとぼと歩いていると、買い物の帰りらしいお向かいの奥さんに出会った。会釈をすると、向こうも立ち止まって頭をさげてくれた。いつ会っても感じのいい人だった。たしか、お向かいの家には高校生と中学生の子供がいたはずだ。

(あたしもロリィタをやめたら、いつかあんなふうなフツーの主婦になるんだろうか)

ぼんやりと、彼女の背中を見送りながらリョウコは思った。

そして、子供を産んで、生命保険のパンフレットに書いてあるような人生を生きるんだろうか。

「あら、リョウコ。遅かったわねえ」

玄関をあけて大荷物を降ろすと、ちょうど母親が風呂場から出てきたところだった。インド人のように髪をバスタオルで巻いて、彼女はリョウコに言った。

「もうみんなご飯終わったから、ラップしてあるのを食べなさい。食べたら自分のぶんは自分で洗いなさいよ」

「わかってる」

ああそれと、と母親はリョウコに言い置いた。

「その中のひらひらの服、母さん洗うのいやだからね。自分で洗って干しなさい。恥ずかしいから外には干さないでよ」

「……………」

——ビルの屋上から、不条理を叫びたい気分になった。


(あのビルの屋上から叫んだら、すっとするかなあ)

最近主婦たちの間で、はやっているというビーズや、カントリー柄のコットンを売る裁縫ショップがたちならぶ界隈《かいわい》。その中にある古いプレハブを改装したカフェで、リョウコは、ぼうっとアイスカプチーノを飲んでいた。

もう日は沈みかけて、さっきまで人通りの多かった吉祥寺の駅前周辺からは、目に見えて人が引けてきている。それと入れ替わりに、ビルの二階以上に店舗を持つレストランやバーの看板が、ビルの階段の前に並べられはじめ、週末の夜を楽しもうという若者や、仕事帰りに待ち合わせたカップルらが、まずは胃袋をなだめようとそれらの看板に引き寄せられていく。

そんなふうに昼と夜とで顔を変える街の様子を、リョウコは人間みたいだな、と思っていた。

この店で、啓太を待ちはじめてから、かれこれ一時間になる。

あのお茶会の日の週明けに、リョウコは啓太といっしょに、彼が目をつけているというダイニング居酒屋へ下見に行った。持っていた冊子のクーポンを渡すとコースが安くなるというので、思い切ってオススメコースをたのみ、それから再会の乾杯をした。

研修明けと同時に福岡支社へとばされた啓太は、とんこつと明太子のせいで一時は十キロも太ったこと、これでは彼女ができないとダイエット代わりにマラソンを始めたこと、それがいまでも日課になっているが、東京の空気は汚れていて呼吸がしにくい気がすることなどを、リョウコが沈黙を気にしない程度にテンポよく話してくれた。それですっかり緊張がとけたリョウコは、誘われるままに二軒目のバーへ行き、今度はさっきよりもちょっと突っこんだ話をした。

たとえば、

「先輩、いま彼氏いるんですか」

とか。

「ケータは（すでに呼び捨てになった）いつから彼女いないの」

とか。

（あたしも歳くうはずだよね。あの啓太がいまじゃ係長補佐なんだもん）

と、しゃべっている啓太の顔を見て相づちを打ちながら、リョウコはすっかりスーツが板についた姿にしみじみとそう思った。

新人研修のときは、まだまだ大学を出たてのひよっこで、リョウコの前ではどこか猫をかぶっている印象があったのに、いまはそんな雰囲気はない。

それから、半月に一度くらいはいっしょにどこかへ行くようになった。たいていは、いまのようにリョウコが先にあがって、会社から離れたところで啓太が来るのを待つ。

おしゃれな飲み屋の開拓にいそがしい啓太につきあって、毎回行くところは違う。二人で〝ホットペッパー〟を見て、あれこれ選んだりはさみでクーポンを切ったりしながら、今日はあたりだったとか、いまいちだったとかをコーヒーを飲みながら話す。

そんな風にして、いっしょに飲みに行ったのが三回、ランチをしたのが二回。

（そろそろ、かも！）

もう氷しか入っていないグラスを両手で握りしめて、リョウコはなぜかぐっと下腹に力を入れた。

リョウコの（普段はあまり使っていない）女のアンテナが、そろそろじゃないかと告げている。

啓太にランチや飲みに誘われるたびに、ついつい「今日は告《コク》ってくるんじゃないか」「今日こそは言われるんじゃないか」と自意識過剰になるのを、「いやいや、期待しない」といさめたりしてきた。だが、そういったやきもきした駆け引きの日々も今日で決着がつきそうだった。いくら啓太が東京に知り合いがいないにしても、まったく気のない女をそう何度も食事に誘ったりするだろうか。

啓太は間違いなく、リョウコに気があるのだ。それは確信できる。

問題は、リョウコが実はロリィタであることを啓太にはカミングアウトしていないということだった。

（やっぱり、いきなり切り出すよりかは、さりげなくこういう趣味の女のことをどう思っているかだけでも聞き出したほうがいいわよね）

思い悩んだあげく、とうとうリョウコは決心した。

（よし、啓太を行きつけのロリィタショップの近くに呼び出そう！）

そして、あくまで自然にその前の店を通り、こんな服のことをどう思う？　と聞いてしまえばいい。そこで好印象な答えが返ってきたら、飲み屋でプリクラを見せてレッツカミングアウトだ！

（でも、もしロリィタなんて嫌いだったら……？）

ふと、窓に視線をやったリョウコは、目の前を通り過ぎる人物を見てはっとなった。

カフェの窓の向こう側を、レースで縁取られた日傘をさしたロリィタちゃんの二人組が、笑いながら通り過ぎる。ここを歩いているということは、きっとこの先にある、リョウコの行きつけでもある甘ロリの殿堂〝マイ・メアリー・メイ〟に行くのだろう。

（あれを見て、啓太はなんて言うだろうか）

啓太がロリィタに理解があれば、まったく問題はない。リョウコとて、自分が新人のとき面倒をみた後輩が、六年ぶりに出世して戻ってきたのだ。その彼に言い寄られて悪い気はしなかった。地道にスポーツを続けているところとか、実は韓国の純愛ドラマにはまって徹夜してしまったことなどを聞くとほほえましいと思うし、いいなと思う。

でももし、彼がロリィタなんか嫌いだったら、いったいどうすればいいのか。

（どうしよう。それをずっと隠し通してでも、あたしは啓太とつきあいたいのだろうか）

リョウコには、それが不安だった。

それくらい、彼を好きになったりできるのだろうか。

ロリィタを忘れるくらいに……？

（卒業）

（いい機会だ）

そんな言葉が、さっきからリョウコの頭に貼りついて離れない。

「リョウコさん」

呼ばれてはっと顔を上げると、いつからそこにいたのか、見覚えのある紺のスーツ姿の啓太が立っていた。

「お待たせしました。なに、ぼーっとして。眠い？」

「えっ、いやそうじゃないの。ちょっと考え事してて」

彼がさりげなくテーブルの上のレシートをとって、レジへ持っていこうとする。リョウコが払うと言い出す前に、

「飲み代といっしょでいいですから」

と機先を制された。そうはいっても、いつもリョウコのほうが払う額は少ない。どこでこういう女のあしらいを覚えたんだろう、と思う。奢《おご》りにすると重いし、かといって完全に割り勘なのも格好がつかない。だからコンパのときのように、女性のほうが千円くらい少ないようにする……

（福岡でも、彼女いたんだろうな）

ふと、リョウコはそう思った。

早々とバーに衣替えしつつあるカフェを出て、リョウコは啓太と並んで今日予約を入れてある店に向かって歩き出した。

「すいません、遅くなっちゃって」

「ううん、だいじょうぶ」

横断歩道を渡った先に、〝マイ・メアリー・メイ〟の看板が見えた。そのとたん、体中の毛穴がぎゅっと閉じたような緊張が走る。

(なんとか、話題をロリィタのほうにもっていかないと)

そのとき、リョウコたちのすぐ側に、おそらく同じ店を目指しているのだろうロリィタの女の子が信号待ちをしているのが見えた。

(あっ)

都合のいいことに、彼女は啓太のすぐ近くまでやってきて、おもむろに差していた日傘をたたんだ。人が密集しているところで迷惑になると思ったらしい。

「うわ、すげぇ」

と、リョウコの隣でタバコを指にぶら下げながら待っていた若い男が言った。

信号が青になった。その子は、リョウコの思った通りマイ・メアリー・メイの店舗の中にすいこまれていった。

(どうしよう、いまいきなりロリィタの話ふったら変かな。でもいましかないし……)・

そんなことを思っているうちに、店舗の前を通り過ぎてしまう。焦るあまり、リョウコは手の中に変な汗をかいていた。

(あー、どうしよう。どうやってロリィタの話題につなげよう!)

すると、ビルの前の看板をじっと眺めていた啓太が、リョウコのほうを振り返って言った。

「先輩、ここであってるみたいっす。入ります？」

おたおたしている間に、啓太のほうはあっさりと目的の店を見つけてしまっていたようだった。リョウコは内心のため息を隠して、Ｂ１にあるというその店の階段を下りていった。

〝ＪＡＺＺＹ・ＺＯＯ〟という一風変わった名前のその店は、一見して応接間かホテルのロビーを思わせるような雰囲気だった。店内に椅子は一脚もなく、置かれているのはぜんぶがソファで、とてもお酒を出す店には見えない。いま、はやりの七〇年代風のキャラメル色のソファや米軍から払い下げられたものらしいドレクセルの家具などが、ゆったりとした感覚で配置されている。天井から垂れ下がった照明は古いジャム瓶を利用したもので、見るからにおしゃれだ。

店内は満席で、リョウコたちよりも早くにきていた二人連れは回れ右を余儀なくされていた。女の子のほうがずいぶん若い。あれが噂の援助交際ってやつかな、などと思っていると、啓太に呼ばれた。

「ね、感じのいい店だね」

「そうですね」

やってきたウエイターに、啓太はタイビール、リョウコはキールを注文する。それから、いくつか皿ものをとろうということになった。

「あ、俺この店長オススメのビーフ煮込みハンバーグ、ください」

彼は意外にも、ハンバーグやカレーといった子供が好きそうなメニューが好きだということも最近知った。なんでも彼のお母さんが厳しい人で、小さいころに食べさせてもらえなかった反動ということらしい。

「うわ、ここドルチェがけっこうあるなあ。おいしそう」

と頬をふくらませた。

「ケータ、甘い物好きだよねえ」

「好きですよ。今日も朝からシロップたっぷりのパンケーキでした」

「うえ、朝からぁ!?」

「そーっす」

「そーかあ」

急に、話題がとぎれた。

「………」

順調に続いていた会話も、こういったオーダーの後は、改めて話の切り出し方に困ることが多い。

リョウコは、さっきすれ違った援助交際ふうの女の子をダシにさせてもらうことにした。

「ね、さっきさ、高校生みたいな若い子がいたね」

「あー、いましたね。相手はずいぶんなオヤジだったですけど」

水を一口飲んで、さらりと言う。

「あれってエンコーかな」

「じゃないですか。まさか親戚のおじさんってわけじゃなさそうだし」

出てきた突き出しがガーリックトーストに明太子をぬったものだったので、啓太は小喜びしていた。どうやら、そうとう明太子に未練があったらしい。

「はー。いまどきの女子高生がお金持ってるわけよね」

「ですね」

「そういえばさっきさ、横断歩道ですごいふりふり着た子、いたじゃない」

ものすごく遠回りをして、リョウコはようやく肝心の話題にたどりついた。

「ええ」

啓太はガーリックトーストをかじりながらうなずく。

「あ、ああいうのって、さ。男の人はどう思ってるの？」

まさに、手に汗を握る瞬間だった。リョウコの下っ腹は、いまからトイレで一戦かますときよりも力が入っていた。

（ここよ！　ここが肝心なのよ！）

「いや、ああいう服着た子と並んで歩いたりできるのかなって」

「どうって?」

「ああ、どうでしょう。他の人はわからないけど……」

と言って、彼は水を飲み干すと、

「俺はどっちかというと、リョウコさんみたいにさっぱりしたのが好きですけど」

なんでもなさそうに、しかしある確信のようなものを込めてそう言った。

「なんていうんですか、糊のきいた白いシャツとタイトスカートって、なんだかストイックな感じがするじゃないですか。俺は、そういう飾り気のない感じが好きですね」

(うっ)

リョウコの心は、褒められてうれしいのとロリィタを否定されてかなしいのとが混じって、さっき飲んだアイスカプチーノのような微妙な色に染まった。

微妙な返答だった。あまりにも微妙すぎる。

(それって、やっぱりロリィタは嫌いってこと? それとも、嫌いじゃないけどOL風のほうが好きってこと?)

リョウコとしては、ようするに、啓太がロリィタを嫌いじゃなければいいのだ。OL風が好きなんだったら、デートのときはずっとこんな格好をしてやってもいい(どうせ会社服と同じだ)。ただ、普段フリフリで甘甘でポップでキュートでメルヘンな服を着ていても、軽蔑したりしないでいてくれれば。

（そう、うちのお母さんみたいに……）

『あんな気色の悪い趣味！』

実の母親の心ない一言が、思い出すたびにリョウコの心の傷をえぐる。

自分だって、わかっているのだ。

こんな歳にもなって、みっともないことしているって。

（でも、好きなんだもの。なにも悪いことをしているわけじゃない。自分の働いたお金でやりくりしているのに、ただ好きでいることだけで、どうしてこんなにも後ろめたさを感じなきゃならないの。どうして！）

まるで、ついたため息の数だけ体が重くなっていくようだった。

「……先輩？」

キールの入ったグラスの柄を握ったまま黙り込んだリョウコに、啓太が心配そうに声をかけてくる。リョウコはあわてて顔を上げた。

「えっ」

「どうかしたんですか」

「い、いや、違うの。ちょっと仕事のことを思い出しただけ」

「相変わらずまじめだなあ、リョウコさんは」

運ばれてきたマグロとアボカドのサラダをつつきながら、啓太はさりげなく、そして大胆に言った。

「そういうところも、好きですけど」

「へっ」

キールの入ったグラスを傾けた、そのときだった。

「リョウコさん、いまつきあってる人いないって言ってましたよね」

あまりに突然の展開に、リョウコは思わず飲み込もうとしていたキールを吹き出しそうになった。

「あ、あの……」

「年下、嫌いですか?」

「え……」

「俺たち、つきあいません?」

その申し込みを、心待ちにしていなかったといえば嘘になる。

しかし、いまのリョウコは、その言葉に対する優等生的な答えがまったく思いつかなかった。さっきの啓太の反応から、もしやロリィタが嫌いなのかと疑っていたところだというのもあったし、そういうことを言うのはきっと、店を出て歩いているときか別れ際だろうと思いこんでいたのだ。

（ど、どうしよう、あたし）

リョウコは、膝の上に置いたナプキンを知らず知らずのうちに握りしめた。

ここでうん、と言えば、まだ未来に希望は残される。ちゃんとした相手とつきあっているることを知れば、母親の小言も少しは減るだろう。念願の寿退社だって夢じゃないかもしれない。なにより、リョウコ自身も啓太とつきあうことを望んでいたのだ。

二十九歳、事務職、

彼氏いない歴五年、負け犬直前崖っぷち。

（どーしよう!!）

――ロリィタか男か、それが問題だ。

恋人と奥さんとお母さんの三段活用

――その後の話。

「抱いてください」

史緒《しお》は、夫の公敏《きみとし》が寝そべっているふとんのかたわらに座って、蚊の鳴くくらいの小さな声で言った。

（ついに言った）

彼女は、パジャマの上からぎゅっと心臓の位置をつかんだ。

夫の公敏とは、恋愛結婚で結ばれた。結婚して一年ですぐに上の子に恵まれ、ひとりっ子ではかわいそうだと二人目を作るのにはげんだこともある。

それなのに、下の息子ができてから一度も夫婦間の交渉をもっていない。夫と最後に体を合わせてから、もう、十二年が経過している。

夫婦なのに。

いや、夫婦だから…

「お願い」

史緒は、公敏の顔のすぐそばに手をついて、彼の汗ばんだ顔をじっと見つめた。こんなふうに自分から夫に迫ったのは、結婚する前もなかったことだった。こんなふうに彼を求めたこともなかったかもしれない。

だけど…

「な、なにを言ってるんだ、きみは、急に……」

ビールのせいでうっすらと赤らんでいた頬を硬くこわばらせて、公敏は言った。

「あ、明日も早いんだ。きみも、はっ、早く寝たら……」

そうもごもご言うだけ言うと、彼はふとんを頭からかぶるようにしてそっぽを向いてしまった。

ぽつんと点《つ》いた豆電球の下で、史緒はいま自分が世界でたったひとりになってしまった気がした。

（どうしよう……）

史緒は思った。

――わたし、どうやって女に戻ったらいいんだろう。

＊　＊　＊

「麻倉《あさくら》、また来てたのか」

「は、はい」

中学のころ、密かに慕っていた野球部の先輩。——それが、史緒のいまの夫の公敏だった。

近くの女子高に進学したばかりの夏、史緒は中学校の先輩だった公敏が高校の硬式野球部に入ったのを知って、友人といっしょに試合の応援に行った。

無理矢理つきあわされた友人はぶうぶう言っていたけれど、史緒にはすべてが楽しかった。目新しい高校生という響きが、目の前になにかいままで知らなかった世界が切り開かれるようで、史緒は毎日わくわくしていた。特に男女交際は、すべての女の子たちにとってあこがれだった。

その日、公園を少しマシにした程度の野球場の、土手のようになっている芝生の上に陣取って、慣れぬスコアブックを広げたそのとき、

「あっ」

金網越しにのびた白球が、突然史緒の頭にふってきた。

「だ、大丈夫かっ！」

目が回ったのは、頭を強打されたからか、いきなり公敏に抱き上げられたからか、自分でもよくわからなかった。とにかく、いきなり目の前にいままで隠し撮りでしか間近に見たことのなかった公敏の顔があったので、史緒は自分が打ち所が悪くて死んでしまったのではないかと疑ったほどだ。

——体中に、電流が走ったみたいだった。

それから史緒は、マネージャーのいない男子高の弱小チームのために、毎朝早起きしておにぎりを三十個も作ったり洗濯をしたり、それはそれはかいがいしく世話をやいた。そのかいあってか、当時二年だった公敏とつきあうことになり、短大を卒業する歳に、彼にプロポーズされた。

「麻倉」

と、彼に呼ばれるのが好きだった。親しくなってからは「史緒」と呼び捨てにされるのが、もっとうれしかった。

それが、結婚して一年目に娘が生まれ、子育てに追われているうちに二人目を身ごもり、史緒と公敏が子供中心の生活をするようになって、すっかり変わってしまった。

いまでは、公敏は史緒のことを呼び捨てにしない。もちろん旧姓で呼ぶわけもない。

今日のような朝は、寝室からひげののびた顔をのっそりのぞかせて、あくびをかみ殺しながらこう言うだけだ。

「かーさん、俺のコーヒーは？」

と。


「おはよう」

午前七時半すぎ、リビングの入り口にかかっているのれんをくぐって、パジャマ姿の公敏が現れる。

どきん、と胸が自己主張した。

『抱いてください』

あんなふうにはしたないことを、よくも自分のほうから口にできたと思う。

それでも、それを伝えずにはいられないほど、史緒は目に見えないなにかに追いつめられていた。ここで言わなければ自分がはじけてしまいそうで、なけなしの勇気をふるってみたのだ。

もっとも、その勇気の甲斐もなかったわけだけれど…

「かーさん、コーヒー入ってる？」

「あ、す、すいません、フィルターを切らしちゃったみたいで、今朝はインスタントなんですけど」

「えぇー」

公敏は露骨にげんなりした顔をしたが、すでにテーブルの上にインスタントコーヒーが入っているのを知って、しぶしぶそれをすすりはじめた。起きてすぐ顔を洗わないのは、長女の幸実が洗面所を占領しているからだ。年ごろの娘はみなそんなもんだろうと、顔を洗うのを諦《あきら》めてさっさと食事をとることにしているらしい。

(昨日のこと、覚えているかしら)

おそるおそる目玉焼きにフライ返しを入れつつ、史緒は朝刊を広げている公敏のほうをそっと盗み見た。

彼は、インスタントコーヒーをすすりながら朝刊を広げ、昨夜の野球の結果をチェックする。最近では巨人がまた負けているのを知って、「それでも栄光ある読売巨人軍か!」などと悪態をついていることも多い。

いつもと、別段変わった様子はなかった。

そのことが史緒をほっとさせもし、逆に複雑な思いにもさせる。

(あの人にとって、あのことは所詮そんな程度のものだったんだ……)

昨日の告白は、内気な史緒にとって一世一代の大告白でもあったのだ。それをあんなふうにどうでもいいようにあしらわれて、なかったことにされたのが史緒には辛い。

もうお前を女だとは思えない。そんな現実を突きつけられているようで——

「ふーん、原油がまた上がったのか。こりゃ、車通勤のやつらは痛いなあ」

公敏がそんなふうに言っても、ダイニングにいるだれも彼に返事をしようとはしなかった。朝は、子供たちのお弁当を作るのでせいいっぱいの史緒は、公敏とろくに会話をかわしたことがない。高校生の娘は、もとより父親なぞうっとうしいだけだと思っているようで、そこにいないかのように振る舞っている。

(いつから、こんなふうになってしまったんだろう)

毎年、夏にはみんなでキャンプに出かけたことや、月に一度、外食の日というのを作って、なにを食べに行こうか楽しみにしていたことを思い出して、史緒はいたたまれなくなる。

「じゃあ、行ってきます」

会社まで電車で二駅という公敏は、家族の中でいちばん家を出るのが遅い。出ていくのは、部活の朝練がある長男はとっくに出ていってしまい、少し高校が遠い長女が「行ってきます」も言わずに出ていったあとだ。

史緒は、いつも公敏を玄関まで見送る。

十八年間、一日もかかさずそうしてきた。

「行ってらっしゃい」

「うん」

そういえば、行ってきますのキスをしてくれたのはいつごろまでだったかな、と史緒は思った。

ぱたん、と音を立てて玄関が閉まると、史緒は肩の荷が降りたようにほっとため息をついた。

結局、あんなことがあった次の朝だというのに、なにごともなかったかのように彼は出勤していった。なにかが変わるかもしれないと思った朝だったが、いつもと同じでしかなかったのだ。

(いや……)

たったひとつ、違ったことがある。

(彼は、わたしを見なかった)

なぜか公敏は、一度も史緒と目をあわさなかったのだ。

＊　＊　＊

自分の中で満たされないまま固まったり溶けたりしている、たとえるならゼリーのような形状のもの——、それを性欲だと自覚したのは、つい最近のことだった。

今年、史緒は三十八歳になる。

二十のときに結婚して、すぐに長女を身ごもった。子供にも恵まれ、夫の公敏はまじめで、会社もこの不況にあって堅実な事業展開が幸いしたのか収益をのばしているという。

おかげで史緒は、多くのサラリーマンの妻がそうであるように昼間のパートに出ることもなく、家で専業主婦をしていられる。

順風満帆の人生だと思っていた。

けれど、

(わたしは、贅沢《ぜいたく》なんだろうか。身も心も満たされたいなんて)

『抱いてください』

昨日のことを思い出すたび、史緒の内面は羞恥《しゅうち》で焦げつきそうになる。

(ほんとうに、よくもあんなことが言えたものだ。女のほうから誘うなんて)

そもそも、そんなことをしようと思ったのは、インターネットでいろいろな人の日記――ブログというのだろうか――を読んだり、サイトをのぞいたりするようになったことがきっかけだった。

「インターネットで食品を共同購入すると便利でいいよ。まとめて買えばお得だし、農家と直接契約すれば、有機野菜がスーパーの半値以下で手に入るんだから」

そんなふうに買い物の便利さを勧められて、史緒はなんとなくノートパソコンを購入した。

主婦にとって買い物ほど労力を使うものはない。史緒たちの住んでいる場所はちょうど二十年ほど前にベッドタウンとして開発が進んだ地域で、東京で一軒家が買える代わりに、少し駅から遠いというのが難点だった。

ほとんどなりゆきで始めたインターネットだったが、ネットでの買い物は驚くほど便利だった。車の運転のできない史緒にとって、注文すればすぐに真空パックや冷凍状態で送られてくる食品は数も豊富で目移りするほどだったし、なによりお米や水といったかさばるものの購入が楽になった。

そして、徐々にインターネットに慣れていった史緒は、ネットが買い物だけの場ではないことを知った。

ワンクリックでリンクをたどっていけば、いままでは触れることもなかった他人の人生が次々に画面上に現れていく。子育てに悩んでいる母親のページ、彼氏との関係のことばかりを赤裸々につづった女子高生の日記……

中でも史緒の興味を引いたのは、三十代以上の男女の出会いをサポートするサイトの存在だった。

「お昼までちょっと時間あるかな」

史緒は、電話台の下の引き出しから自分のノートパソコンを引っ張り出すと、モジュラージャックにケーブルをつないだ。

洗濯機をまわしている間のちょっとした休憩時間に、史緒はこのサイトにログインすることが多かった。

〝大人のあなたに新しい出会いをサポートします。Ｌｏｖｅ　ａｎｄ　Ｔｏｕｃｈ〟

いわゆる出会い系といわれるサイトは星の数ほどあるが、中でもこのサイトは三十歳以上の既婚者限定で、ただのメル友からその日だけのセックスまで広い意味での出会いが用意されているのが特徴だった。サイトを通してしか相手に連絡できないルールだけではなく2ショットチャットやグループチャットなど、さまざまな種類のオンライン上の出会いの場が期待できる。

〝現在のご利用人数　↓786人〟

夜ほどではないが、この時間も数百人がアクセスしているのがトップページに表示されていた。

(まだ昼前なのに、こんなにも人がいるんだ)

史緒は、いつも利用している2ショットチャットに入って、だれか知り合いが入ってくるのを待つ。

（きっと、わたしみたいな主婦も多いに違いない）

洗濯物を干し終えてリビングに戻ると、見知ったハンドルネームがチャットルームに入室していた。何度もここで話したことがある、〝パンケーキ〟さんだ。

solt＞ごめんなさい。ちょっと離席してました。

〝solt〟というのは、史緒のネットでのあだ名、つまりハンドルネームのことだ。我ながらひねりがないと思うが、こればっかりは慣れていないときにつけたものなので仕方がない。

しばらくして、返答がかえってきた。

pancake＞いえいえ、こっちも仕事中です。お気になさらず。

表示が青でされているのが男性、ピンクでされているのが女性ということになっている。このパンケーキは、青で表示されていた。自称三十二歳の外資系コンサルタント会社につとめるサラリーマンだという。

初めは、男性なのにパンケーキというおかしなハンドルネームを使っているのが気に入って、史緒は彼と話しはじめた。いまでは、お互いの悩みや意見を交換できるくらいの仲になっている。

solt>九州はどうですか。もうすぐ梅雨ですね。

そう、なんでもない話題から会話ははじまった。パンケーキは、現在九州の支社に出向中だとかで、たまに地方の珍しい話や名産物のことなどをおもしろおかしく話してくれる。

solt>いつも思うんですけど、男の方なのにパンケーキって名前、変わってますね。

pancake>ハハハ。恥ずかしいですけど、ああいう子供の食べ物って好きなんですよ。ハンバーグとかカレーライスとか。昔すごく食べたくて食べたくてしかたのなかったのがしみついちゃってるみたい。いまじゃ、好きなだけ食べられますからね。大人っていいですよね（笑）。

どうしようかちょっと迷ったあと、史緒は思い切ってパンケーキに昨夜のことを告げた。

solt>昨日、だんなに『抱いて』って言っちゃいました（笑）。

実は自分が欲求不満であることを指摘されたのも、このパンケーキからだった。

いつだったか、初めてこのチャットで話した日、彼は史緒に向かってこんなふうなことを言ったのだ。

pancake＞これは僕の勝手な憶測でしかないけど、softさんはいま急に母親であることを卒業しろといわれて、とまどっているんだと思う。

心に患部があるのだとしたら、まさにその言葉は鋭いメスのように史緒の心を切り開いた。

pancake＞娘さんとうまくいってないって言ってたよね。うちは子供がいないからよくわからないけれど、高校くらいになると親って急にうっとうしくなるものじゃない？ softさんは娘さんの態度からそういうことを感じ取っていて、もう母親役は終わったと思いはじめている。でも、十七年も母親をやってきたのに、いきなりやめろって言われても困るよね。

soft>そう……ですね。

と、史緒は答えた。

頭では、わかっているつもりだった。高校生になってからめっきり帰宅時間が遅くなった長女だったが、女の子には女の子のつきあいがあり、男の子は部活中心の生活になるから母親から離れていくのだと、できるかぎりものわかりのいい母親でいようとした。

(でも、母親じゃなくなったら、わたしはなんになればいいの?)

結婚して、すぐに妊娠して母親になることを強制させられた。いつかと望んでいたことではあったけれど、失ったものも多かった。

子育てをしている間、史緒は必死だった。よき母親であることが、自分の生き方のすべてだと思いこんでいた。

そして、必死になっているうちに容色はおとろえ、二度も出産することによって体のラインは崩れていく。

ある夜、風呂上がりに鏡の前に立った史緒は呆然としたのだった。

(だれ、このおばさん……)

歳をとるのがいやだったわけではない。

どんな人間でも、歳をとる。

そうじゃない。

史緒が絶望したのは、そんなことじゃない。

pancake＞きっとsoftさんは、必死で育ててきた子供たちにいらないって言われて、でもいまさら女に戻ることができないでいることに絶望しているんじゃないかな。

そのパンケーキの言葉がすべてだった。

母親であることを強制させられた。

そして、いまそうして産んだ子供たちから、母親であることを否定されている。

それはいい。子供たちもそろそろ手がかからないころになった。ひとりでなにかやってみたい時期であることは確かなのだから、これからはいままでのように手を貸すのではなく、そっと後ろから見守っているのがいい。

けれど、母親をやめたら、世の母親はみんなどうするのだろう。

『抱いてください』

もう十年以上も交渉のない公敏にそんなことを言わずにはいられなかったのは、史緒が自分にまだ価値があるかどうかを見極めたかったからだった。

まだ、女であることを確認したかったからだ。

セックスが、ただたんに子供を作る手段ではないのなら、夫はまだわたしと交渉を持ちたがっている、そう思いたかった。

（でも……）

パンケーキから、すぐにレスが返ってきた。

pancake>おお！　それで、どうでしたか？

solt>なんにもなかったですよ。早く寝ろっていって、先に寝られちゃいました。

pancake>あちゃー。

こんなふうに、冗談めかしてでも言える相手がいてよかった、と思う。もし、パンケーキがいなかったら、いまごろ悶々とひとりで考えて、奈落の底まで落ち込んでいたかもしれない。

solt>もう、わたし女に戻ることができないかもしれません。

pancake>まさか、そんなことないでしょう。だってsoltさん、だんなさんとだけセックスしたいわけじゃないでしょう？

史緒はびっくりして、一度キーボードから指を離した。

pancake＞たぶん、soltさんは自信をとりもどしたいんだと思います。僕もよくあるんですけど、普段はあまり家のことをかまってないんですが、仕事がうまくいかなかったり、ミスしたりすると家に戻りたくなるんです。それって、多分だれかに必要とされたり居場所を確認することによって、自信をとりもどしたいんじゃないかなって…

なるほど、と思った。

（たしかにそうかもしれない。わたしは母親であることを否定されて、だれかに必要とされたいだけなのかも）

solt＞そう、かもしれません…

pancake＞人間、ひとりで生きているように思えて、けっこう「だれか」の「なにか」であることに執着するものですから。

solt＞そうですね。pancakeさんってすごいですね。いろいろとわたしがもやもやして言葉にできないでいるものを、あっさり言葉で説明してしまえるんですから。

pancake＞ハハハ、そんなことないですよ。総じて男は言葉で説明したがる生き物だからじゃないかな。

チャットで言葉を交わしているうちに、昨日からずっと時化《しけ》っていた心の内側がだんだんとないでいくのがわかる。

pancake＞こんなこと昼間から聞いていいのかわかりませんが、solt さんって、だんなさんとしか交渉したことがないタイプですか？

ドキッとした。

史緒は、ちょっとの間考えたのち、思い切ってキーボードに返事を打ちこんだ。

solt＞はい。そうです。

pancake＞あー、じゃあそれが普通だと思いますよ。

solt＞普通……？

pancake＞つまり、欲求不満になることが、です。

またもや、ドキッとした。

自分の家の中だというのに、思わずまわりにだれかいないか確かめてしまう。

soft＞そうなんでしょうか。よくわかりません。

pancake＞女の人って、男と違って三十代くらいから性欲が増しはじめるらしいですよ。特に子育て中はそれどころじゃないから、それが終わったころに一気にどかんって来るんじゃないでしょうか。

soft＞どかんって……（笑）。

pancake＞あはは。まあ、だから、みんなそうだってことですよ。softさんだけじゃないですよ。

そう言われて、ふっと羽根一枚分くらい、体のどこかが軽くなったような気がした。

（わたしだけじゃないんだ）

公敏にあんなことを頼んだのも、自分が単にセックスしたいだけだったのかもしれない。

もちろん、女扱いされたいという理由も多分にあっただろうが…

（でも、彼はわたしを拒絶した）

pancake＞だんなさんに拒否されたんだとしても、softさんに魅力がないってことにはならないですよ。

まるで、目の前にいて史緒の気持ちを読んだかのようにパンケーキが返事をした。

soft＞うーん、でも、かなり怒っているみたいでしたよ。

pancake＞単なる照れ隠しなだけかもしれませんし、そうじゃなくても、男の性欲って両極端だから、softさんのだんなさんが淡泊なだけかも。

どう返事をしていいかわからずに沈黙していると、パンケーキは続けてこう打ち込んできた。

pancake＞ほら、よくちょっとエッチな雑誌とかAVとかでも、奥さんが欲求不満になってっていうシチュエーションっていっぱいあるじゃないですか。それくらいありふれたことなんですよ。べつに旦那さんが悪いわけでも、softさんが悪いわけでもないですよ。softさんがセックスしたいなら、それだけの関係でもいいって割り切れる人を見つけて、憂さを晴らせばいいと思いますよ。

史緒は、どこかおそるおそるキーボードを触った。

solt>それって、不倫しろってことですか？

pancake>うーん、僕も不倫の定義がよくわかっていないので、ちゃんと答えられないんですが、気持ちは渡さない、体だけの関係が楽でいいですよってことですかね。

（気持ちは渡さない、体だけ……）

史緒は、すっかりお昼をまわっていることも忘れて、パソコンの画面の前で硬直していた。

（でもそれは、悪いことではないのか）

たしかにパンケーキの言うとおり、世の中にはそんな不倫を扱ったドラマや本は多い。あれだけの露出がされているということは、それに共感する人間がそれくらい多いということなのだろう。

不倫、ということを考えるかぎり、史緒は石をのみ込んだような後味の悪さを感じずにはいられない。

pancake>どっちかだと思いますよ。不倫はいけないことだって考えかたもあるでしょうから、無理にする必要もないと思います。まあ、べつに欲求不満で死ぬわけじゃないし。

soft>たしかに、ちょっと怖いですね…

でも、後生大事に夫に操をたてていても、だれも自分を女だとは見てくれないのだ。

soft>怖いのは怖いんですけど、わたし、まだ人生棄てたくないんです。

史緒は、さっきまでの逡巡《しゅんじゅん》が嘘のように、ものすごい勢いでキーボードを打ちはじめた。

soft>まだ、綺麗になりたいと思う気持ちがあるんです。近所の会社勤めをしている娘さんとか見ると、ああ、わたしも子供なんて産まなかったらあんなふうに会社に行って、ばりばり仕事をしていたのかもしれないって、そんなふうに思うわたしがいるんです。

そのとき、自分でもわけのわからない怒りが心の底からこみあげてきて、史緒ははっきりと、若い女性を妬《ねた》ましいと思っている自分を自覚した。

（いまの若い子は勝手だ。いつまでも親元にパラサイトして、なかなか家を出ようとしない。自分に向いている仕事がないからといって、職につこうともしない）

彼女は、毎週ゴミ出しのときにすれ違う近所の若い子のことを思い出した。向かいの上の娘さんなど、二十九にもなるのにまだ家にいる。自分の趣味に没頭しているんですよ、と苦笑いしながら母親が話すように、週末になると時どき大きなボストンバッグを抱えてテニスに出かけているようだった。

（どうして、そんなに勝手ができるの!?）

史緒が若いころは、成人して働いていない人間などいなかった。パラサイトもフリーターもニートもいなかった。働かなければ食べていけない世の中だったから、学歴がいいものもそうでないものも、何らかの職について必死に目の前の仕事をこなしていた。なのに、いまの時代はどうだろう。だれもかれも自分のことばっかり考えて、そこから生まれるひずみについてはまったく考えようとしない。

体の線が崩れるから、子供は産みたくない。束縛されるのがいやだから、正社員になりたくない。自分、自分、自分――、彼らの主張はどこまで行っても自分のことだけだ。

（でもわかってる。わたしは、そんな彼女たちが羨《うらや》ましいのだ）

史緒は、無意識のうちに顔を両手で覆っていた。

こんなのは、ただの言いがかりだ。史緒は自分で選んで結婚をして子供を産んだのだから、いまさら彼女たちのことを自由だといって羨むのは筋が違っている。

なのにわかっていて、羨むのをやめられない。

いま自分の好きなことをして、それで綺麗なままでいられる彼女たちが、妬ましくてならないのだ。

（なんてあさましいわたし）

いきなり目の前に自分の本音を暴かれたようで、史緒は恥ずかしくてならなかった。そして思った。史緒の心をいちばん多く占めていたのは、母親を無理矢理卒業させられることではなく、夫の恋人としていられないことでもなく、女としての彼女たちへの対抗心だったのだ。

（これからどうしよう……）

史緒はぼんやりと、自分のすべてを否定しているような夫の背中を思い浮かべた。

夫には、拒絶されてしまった。もうこれ以上、彼にすがることはできない。彼ともう一度新婚時代のような生活を始めることはできないだろう。

（セックス、することも）

そんなことを考えていると、レスが増えていた。

pancake＞いまからでも遅くないですよ。

ゆっくりと、史緒は息を吸った。

pancake＞だって、soraさんまだ三十八でしょう。女優の黒本ひとみだって、あれで四十超えてますよ。

（いまからでも、遅くない）

そのとき、史緒は自分が、どこか見知らぬ場所へ向かって怒濤《どとう》のように流れはじめたのを感じていた。

（まだ、間に合うかもしれない）

史緒は、サイドボードの上に立ててある鏡に、自分の顔を写してみた。

（やりなおせるかもしれない）

唐突に、そう思った。

パンケーキの言うとおり、史緒はまだ三十代だ。早くに子供を産んだせいで、体のラインは同世代の独身の女性とくらべるべくもないが、二十代の後半で子供を産んだ女たちにくらべれば、ずっと早く自分を取り戻したことになる。

solt＞まだ、間に合うでしょうか？

pancake＞大丈夫ですよ。子育ても終わったんだから、soltさんはいまから自分の好きなことをしても許されると思いますよ。ちゃんとやるべきことをやったんだから。

（そうだ。わたしはやるべきことをちゃんとやった……）

またふっと、心が紙一枚分軽くなった。

（まだやれる。まだ、わたしは女としてやりなおせる）

史緒は、鏡の中に写っている、シミとシワが目立った顔をまっすぐに見た。

目元にちらばったほくろ未満のシミは、すでにファンデーションでも隠すべくもない。けれど、毎日マッサージして化粧品にも気を遣えば、まだまだマシになるだろう。髪もいままでは節約をするために家で自分で染めていたけれど、美容院でしてもらえばもっと若々しい雰囲気になるかもしれない。

母親の役は終わった。これからは、ひとりの女性として失ったものを取り戻すときだ。わたしは、いまどきの自分勝手な若い子たちとは違う。ちゃんと責任を果たしてから、自分のやりたいことをやるのだ。

自分の、やりたいことを――

solt>じゃあ、pancakeさん、わたしと会ってくれますか？

自分でも深く考えないうちに、手がそんなふうな言葉を相手に伝えていた。

pancake>えっ、それってどういう…

solt>あの、会うだけでいいんですけど…

行をあけて、こうも打ち込んだ。

solt>わたし、いままで夫以外の男の人と親しくしゃべったこともなかったんです。だから、pancakeさんに会って、自分を変える第一歩にしたいんです。

しばらく、史緒はじっとパンケーキの返事を待った。

耳が心臓になってしまったのかと思うぐらい、ドキドキという音がした。

しばらくして、ログが更新された。

pancake＞いいですよ。喜んで。

ドキン、と音がした。自分の心臓に穴が開くのかと思うくらいだった。

pancake＞実はいま、東京なんですよ。言ってなかったですけど、先週からこっちに戻ってきてるんです。どこで会いましょうか。

――体に、電流が走ったのかと思った。

＊＊＊

あれから、待ち合わせ場所の打ち合わせをして、パンケーキとは一週間後の二十四日に渋谷で会うことになった。

史緒は、何度も携帯のスケジュールの欄に書き込んだ〝ハチ公に午後六時〟という予定を見直した。

（ドキドキする……）

秘密を持つということは、常に体中に弱い電流が流れているようだ。体がしびれて、中の小さな細胞が活発に動いているような感じがする。

こんな感覚を、史緒は長らく感じたことはなかった。もっと言えば、あの野球のボールが頭にぶつかったとき以来だ。

歩いていると、髪が軽い。美容院で髪を切って染めただけなのに、体まで軽くなったような気がする。

（シャンプーまで買っちゃった）

美容院で使用するような高価なシャンプーを購入したのは、生まれて初めてだった。シャンプーだけではない。新色のファンデーションを買いに百貨店に行っただけだったのに、ついつい勧められて基礎化粧品まで買いなおしてしまった。

（でも、いままで子供の教育費のために我慢してきたんだもの。これくらいいいわよね）

専門店のビューティーアドバイザーにメイクしてもらった自分の顔は、いままで思っていたよりずっと若々しくてすてきだった。これならば、もっと毎日が楽しくなるかもしれない、夫以外の人にも振り向いてもらえるかもしれないと史緒の期待が高まった。

使ったことのなかったビューラーと、マスカラの下地（いまの若い子はマスカラを塗るのに下地とコート剤まで使うという）、目元のシワを薄くするためのマッサージ方法と、美白美容液のパックのやり方を教えてもらい、気がつくと今日一日だけで五万円近く散財している。

でも、すごく楽しかった。

なんとなく、女は買い物で発散するというのがわかったような気がした。いままでは、どんなに臨時収入があってもなによりも子供の服や学費の積み立て、車や家にかかる税金が最優先だった。けれど、自分のための買い物のなんて楽しいことだろう。お金をかける、それだけで自分の価値が高まったように感じるのは、とても不思議だ。

すべて自分のものに両手をふさがれつつ、史緒はいつもどおり夕飯を作るために六時過ぎに帰宅した。

「ただいま」

玄関ドアに鍵をかけようとして、史緒は扉が開いていることに気づいた。不審に思って扉を開けた。奥のリビングに電気がついているのが見える。

めずらしく長女が早く帰ってきたのだろうか…、そう思って中に入ると、思わぬ人物がソファに座っていた。

「あなた……」

史緒は呆然とした。そこには夫の公敏が、いま始まったばかりのナイター中継を見ながら、ビールをあけているところだった。

「ど、どうなさったんですか。こんなに早く戻ってらして」

「今日は……、出先から直帰だったんだ」

と、公敏はテレビ画面から視線をはずさないまま言った。

「そうですか……」

声が震えた。こんなふうに不意打ちに戻ってこられるとは思っていなかった。化粧をして遠出をするなんて変に思われるだろうかと、そんなことも思った。

(いつもと違う髪型をしていることになにか言われるだろうか。それとも、こんなにたくさん買い物しているのをとがめられたりとか……)

「かーさん、メシは?」

「あ、すぐに支度しますから」

化粧を落とす暇もなく、スーツのジャケットだけ脱いで急いでエプロンをかけ、夕食の支度を始める。今日はもともと出かける予定だったから、あらかじめ切ってパック売りしている野菜を使って筑前煮にするつもりだった。だがそれも、手抜きだと言われないだろうか……、洗濯物を窓ぎわに積んだまま出ていったことをなにか言われたら——?

まるで不安定な床に本を積み上げるように、目につくすべてがうしろめたく、悪いことをしているように感じてしまう。これ以上積み上がったら、なにかの拍子にこちらに崩れてきて、ぺしゃんこに押しつぶされてしまいそうだった。

そして、そんな自分が腹立たしい。

たかが、ちょっと化粧して外出したくらいで罪悪感を感じなければならない自分自身が。

（いままでわたしはいろいろと我慢しすぎたんだ。こんなことくらいで夫の目を気にして
…、もっとみんな好きにやっているのに）

ちらりとリビングのほうを見ると、公敏はあいかわらず缶ビール片手にじっとテレビ画面に見入っている。

いつもどおりの光景なのに、なにか不自然だった。

（どうして今日に限ってこんなに早く戻ってきたのだろう。まさか、昨日のことを気にして……？）

テーブルに綺麗に焼き色の付いた鰆《さわら》のみそ漬けと、まだちょっと煮込みの浅い筑前煮が並ぶと、公敏は冬眠から起きた熊のようにのっそりと起きあがった。

「いただきます」

「はい」

史緒は返事をする。

「今日は、外出してたのか」

お吸いものをとろうとしていた手が不自然に震えた。

史緒は無理矢理に笑った。

「……はい。駅前のT百貨店まで化粧品を買いに」

「そうか」

弱い電流が指先にまで流れているように体中が震えていた。きっといま触れられたら、考えていることが相手にわかってしまいそうなくらいに。

公敏は、いつもどおりにお吸いものの具をすっかり引きあげてしまってから、ほかのおかずに手をつけた。

変な感じだった。

こんなふうに、ふたりきりで食事をとるなんて何年ぶりだろう。いつも、夕食を用意していても連絡も入れずに飲んで帰ることが多いから、史緒がひとりでテーブルにつくことも少なくなかったのだ。

ほかにも、もっとなにか言われるのではないかと史緒が体を硬くしていると、公敏は、

「もう、子供たちも手がかからなくなったし、きみももっと好きなようにやるといいんじゃないだろうか」

と、ぽつりと言った。

「え……」

「いや、きみは外で働いたこともないし、あまりほかの友達と遊びに行ったりすることもないだろう。ストレスがたまっているんじゃないかって心配していたんだ」

史緒はおかずに箸《はし》をつけるのも忘れて、すぐ目の前にいる公敏を見つめた。

（どういう意味……？）

それは、きのう史緒が公敏に向かって言ったことが、ストレスのせいだとそう言いたいのだろうか。

（つまり、あれは迷惑だったってこと？）

公敏は、史緒が凍りついたように黙っているのに少しあわてて、こうも言いつないだ。

「ああ、だから、きみがやりたいのなら、外に働きに出たりしてもいい。家の中でずっといるよりもそのほうがいいんじゃないか」

「……わ、わたしがパートに出なかったのは、あなたがそれよりも家にいて子供の教育をしっかりしてほしいって、そうおっしゃったから……」

「違う違う。べつにきみを咎《とが》めてるわけじゃない」

彼の口調に、ほんの少しだけ煩わしさが混じるのを史緒は敏感に察知した。

「ただ、これからはきみ自身のやりたいようにやれるんじゃないかって、そう言ってるだけだよ」

そうして、ごちそうさま、と小さくつぶやくと、食器を下げないまま風呂場のほうへ向かった。

史緒はしばらく箸を持ったまま、椅子の上で石のようにじっとしていた。

（また、拒絶された）

そう思った。

まだいっそ、外出を咎められたほうがよかった。自分が帰ってきたのにどうして家にいないんだと詰《なじ》られたほうが、こんなふうによそよそしく話されるより史緒にはどんなにかましだっただろう。

そのとき、玄関がふいに開いて、下の息子がただいまも言わずにあがりこんできた。

「ねー、今日のご飯なに？」

「裕太、先にそのどろどろの靴下を脱いでらっしゃい」

中学にあがってサッカーを始めた息子は、毎日毎日部活ざんまいの日々を送っていて、ろくに史緒と顔をあわせることもない。史緒は息子と接しているより、息子の作ってくる洗濯物と接している時間のほうが長いくらいだった。

公敏の半分くらいの時間で夕飯をかっこんでしまうと、息子は早々に部屋へ引き上げていった。

高校生の長女はまだ帰ってこない。心配になったので、メールを入れてみた。しばらくして、『いま駅』という短い返事が戻ってくる。

食器乾燥機に使い終わった食器をセットして、あとは長女のぶんだけというときになって、ようやく長女の幸実が戻ってきた。

「九時をまわっているのに、どうしてちゃんと連絡入れないの。そのために携帯を買ってあげたんでしょう」

「……」

娘は、あからさまにふてくされた顔で史緒のそばを通り過ぎると、さっさと部屋にこもろうとする。

それを、史緒は声をかけた。

「待ちなさい。ちゃんとママの言うことに答えなさい！」

「……ママさあ、もういいかげん子離れしたら？」

彼女は、髪をかき上げながら振り返った。

「いつまでもそんなふうに子供にばっかかまってるから、世界が狭くなるんじゃん。いまどきダサいよ、そんな生き方」

「な……」

体の奥から、恥ずかしさと怒りの混じったような熱がカーッとこみあげてきた。

わなわなと震える史緒の前で、彼女はいつのまにか史緒と同じくらいになった目線を鉛筆の先のようにとがらせて、

「わたしに、ママの理想を押しつけないでよ」

先のとがった鉛筆が、十分に人を傷つけられることは知っていた。

(理想を、押しつける……)

娘のその一言は、史緒の心に、まるで鉛筆の芯が折れて中に入ってしまったような黒ずみを残した。

(意味が、わからない)

史緒は、家の廊下になにをするでもなくぼうっと突っ立っていた。

部屋に戻ってしまった息子、部屋のドアを閉めた娘、そして、風呂からあがると早々に寝室にこもってしまう夫。

みんな、史緒にかかわっていない。家族なのに、自分は彼らの妻であり、母親なのに、こんなにも彼らの人生にかかわることを拒否されている。

うまくいかない。

(どうして!)

史緒はいますぐ表へ飛び出していって、大声で脇目もふらずに泣き叫びたかった。――どうしてこんなにも、なにもかもがうまくいかないの。こんなにまじめに、こんなにも家族のためを思ってずっとずっと尽くしてきたのに、わたしの若さもやりたいことも希望も望みもすべてを家族のためにささげてきたのに、どうしていまになってそれをぜんぶ無駄だったといわんばかりに、わたしを、わたしを拒絶するの!

――どうして!

風呂に入り、ふとテーブルの上に買ってきたばかりの化粧品があることを思い出して、教えてもらったとおりにマッサージとケアをすませた。洗い物で荒れた手にナイトクリームを塗って寝室へ行くと、夫はすでに気持ちよさそうに寝息をたてていた。

ふとんとふとんの間に小さく開いた隙間《すきま》が、史緒にはふたりの間にできた溝のように思えてならなかった。

昔は、こんなふうに別々じゃなくていっしょに眠っていた。ダブルベッドで寝るのが夢だったという史緒の希望どおり、公敏は結婚してすぐにベッドを買ってくれた。それも、それまで住んでいた家が手狭になり、この家を購入して引っ越してきたときに邪魔になるからと棄ててしまった。

(もう、体温も届かない)

史緒はゆっくりとふとんの中に入って目をつぶった。

どうして気づかなかったんだろう。

あの日、金網を越えてきた白球とともに始まった史緒の恋は、もうとっくの昔に終わってしまっていたのだ。

＊　＊　＊

しかなかった。

その次の日も、そのまた次の日も、史緒にとってはいつもと同じまったくの繰り返しで
他人行儀な朝のあいさつ。史緒が眠い目をこすりながら起きて作ったお弁当を、さもあたりまえのように持っていく子供たち。そしてあいかわらず、史緒のことを「かーさん」と呼ぶ夫…

もうそのことにいちいち傷つくのはやめよう、と史緒は思った。

(どうせ、わたしは必要とされていないのだもの。なら、自分を必要としてくれる人のために生きようとするのが、どうしていけないことだろう)

「今日、お友達と会う約束があるんです」

史緒は公敏のために、ドリップ式でコーヒーをたてながら、さりげなくパンケーキとの約束のことを切り出した。

「なので、申し訳ないですけど夕飯は外ですませてくださいます?」

公敏のほうから『好きにすればいい』と言ったのだから、史緒が咎められることはないだろう。そう史緒は思っていた。

「あ、ああそうか」

「勝手言ってすいません」

案の定、彼はわかった、と短く言っただけで、ほかになにを聞いてくることもなかった。

夫と子供たちが全員出かけてしまうと、史緒はさっそくノートパソコンを開いてネットにつないだ。

メールボックスに、パンケーキからメールがきていた。

『pancake wrote……

いよいよsoltさんと会うのも今日になって、ちょっと緊張しています。いちおう念のために書いておきます。午後六時に渋谷の八チ公前で待ち合わせ。近くのおいしいレストランを予約しておきましたので、今日はゆっくりお話でもしましょう』

メールの文面を見て、史緒の胸は二十年前の高校のときに戻ってしまったように高鳴った。こんなふうに男の人と外で待ち合わせをするなんて、公敏以外にはなかったことだったし、その公敏とさえ、ふたりっきりでレストランに出かけることもなかったのだから。

（わたし、まだ綺麗になれていない……）

一朝一夕ではどうにもならないとはわかっていても、もっと早くから美容ケアを心がけていればよかったと史緒は後悔した。それに、どんな服を着ていけばいいのかわからなかったので、買い物の帰りにファッション雑誌を立ち読みして、なんとか自分の持っている服でそれなりに見えるコーディネートを考えたし、よけいな出費だと承知でジャケットを買うことにした。

服が決まると、今度はそれに合う靴がないことが気になった。いろいろと悩んだ末に、黒だと使い回しがきくからと自分を納得させて、ストラップのサンダルを購入した。

すると、今度は手持ちのバッグがいまいち合わない気がする。

（さすがに、そこまでは無理よ）

それでも、なんとかダサい格好だけはしていきたくないと、史緒はもう使わないからと封印していた昔の服やバッグが入った段ボール箱を引っ張り出すことにした。

ガムテープでしっかり封がされていた段ボール箱を開けると、中から見覚えのあるバッグや古い型のスーツなどがたくさん出てきた。

「ああ、なつかしい……」

史緒は、その中のひとつを手にとって、ふふっと笑みをこぼした。

あのころは、いつも大人びて見られたくて必死に背伸びをしていたものだった。母親がまだ持つのは早いと言っていたレザーのバッグがどうしても欲しくて、自分で半分お金を出して公敏に買ってもらったっけ…

もう二十年ほど前のものになるのに、いまの流行とさほど合わないわけではないというのが史緒には不思議だった。よく、ファッションの流行は何年かごとに繰り返すというから、ちょうどいまごろになって史緒の若かったころの流行がとりあげられているのだろうかとも思った。

そうして、ひとつひとつ昔の持ち物を手にとっていくと、あのころ史緒がめいっぱい大人ぶって突っ張っていたころのことが思い出されてきて、史緒は笑ってしまった。

（そうか、あのころは二十歳とか三十歳とかが、ものすごく大人でなんでもできる年齢なんだって思っていたっけ。欲しいと思っていたものや洋服をお母さんに反対されて、すごく腹立たしく思ったこともあったわ。お母さんはそう思わないかも知れないけれど、わたしはこれがすてきだと思うからほうっておいてって、何度も喧嘩《けんか》して……）

『もういいかげん子離れしたら？』

先日、娘の幸実に突きつけられた言葉が、ふいに史緒の心の中に浮かび上がってきた。

『わたしに、ママの理想を押しつけないでよ』

──お母さんはわからないかもしれないけれど、わたしはこれがいいの！

（いっしょだ……）

史緒は、昔母親に買うのを反対されたその赤のバッグをぎゅっと抱きしめて思った。

時どき、娘と言葉が通じないのではないかと思うときがあった。

それは、幸実が小学校の高学年になるにつれて史緒の身の回りで顕著に起こるようになった。

娘の考えていることがわからない。娘がどうしてこんなにも反抗的になるのか理解できない。たいしたことでもないのに、彼女があえてしない理由が思い当たらない。

そのうちに、友人たちから悪いことを覚え、体中にたばこの臭いをぷんぷんさせて戻ってくるようになって、史緒はひどく焦った。小さいころからなんでも言うことをよく聞く子だったのに、どうして急にこんなふうになってしまったのか、わけがわからなかった。勉強をしなさいときつく言った覚えもない。ピアノもほかのお稽古《けいこ》ごとも好きなことを好きなだけやらせてきたつもりだったのに、どうやっても日に日に娘との距離があいていってしまう。

(理想を押しつけてなんかいない)

史緒は、古いバッグをじっと見つめた。

幸実に服のことをとやかく言った覚えはない。いまの子のはやりだからと、やたらラメやピンクが多いいまどきの服をあまり好ましいとは思っていなくても、それを禁止した覚えはなかった。

(じゃあなぜ、こんなにもいま気持ちのずれを感じるのだろう)

ファッションや持ち物のことでないのなら、わたしが、彼女に押しつけているという理想は、いったいなんなのだろうか。

史緒は、抱きしめていたバッグをそっと床におくと、広げてしまったほかのものをもう一度段ボール箱にしまいはじめた。

「あっ」

ぽてん、と音がして、手にしていたバッグの中からなにかがこぼれて転がった。史緒はびっくりしてそれを拾い上げた。

信じられなかった。

「まさか、こんなところに……」

それは、いつだったか野球場の金網を越えて史緒のおでこに直撃した、あのボールだった。

史緒はいそいでボールを回してみた。サインペンで『S60．5月3日』と書いてある。間違いない。あのボールに違いなかった。てっきり引っ越ししたときになくしてしまったと思っていたら、こんなところにまぎれ込んでいたのだ。

するとそのとき、リビングの時計が五時のベルを鳴らした。史緒はその音に驚いて、手の中からボールを落としてしまった。

（もうこんな時間……）

そろそろいるものをバッグに詰めて、待ち合わせ場所に出かけなければならない時間だった。史緒は髪が崩れていないか確かめた後、定着スプレーをもう一度さっとふりかけて洗面所を出た。

パンケーキとの待ち合わせは渋谷に六時。そのためには、家を五時すぎには出ていなくてはならないことになる。

グロスだけは電車の中で塗ろう、そう史緒が化粧ポーチをバッグにつっこんで立ち上がったとき、ふいに玄関のドアがガチャガチャっと音を立てた。

(な、なに)


「ただいま」

驚いたことに、玄関の鍵を開けて入ってきたのは、夫の公敏だった。

「あなた……」

史緒はもう一度時計を見た。まだ五時を少し過ぎたばかりだ。いくら会社がここから二駅とはいっても、定時ですらない。

「き、今日も出先からですか」

そう史緒が言うと、彼は気まずそうに視線を避けてうなずいた。

史緒は緊張と不安で耳が痛くなるのを感じた。

(まさか、この人は気づいている!?)

「わ、わたしいまから、お友達との約束が……」

「ああ、そうだったな」

公敏はさもいま思い出したといわんばかりに言って、靴を脱いでリビングに向かった。

「お夕飯は……」

「いい、店屋物にするよ」

「そうですか」

ソファの上に鞄を投げると、いつもとまったく同じ手順でまずテレビを点け、それから冷蔵庫でビールを探す。

いつもと同じ行動、いつもと同じ仕草、結婚してから十八年間全く同じことの繰り返し、繰り返し…

なのに、いま史緒がしていることには気づかない。

たったひとり、史緒がいままで固定されてしまっていたローテーションからはずれようとしているのに、自分の妻がほかの男に会おうとしているのに、それを知ろうとも見ようともしない。

(夫なのに！)

それが、腹が立った。

「おい、かーさん、俺のビールは？」

史緒は黙っていた。

公敏はのれんをあげて、暗い廊下に突っ立っている史緒に向かって言った。

「か－さん、俺のビール――」

「……だれが、なんなの」

「うん？」

史緒は、いままで一度たりとも夫に向けたことのなかった鋭い視線を、容赦なく彼のほうへ投げつけた。

「あ、あ、あなたのビールなんか知りません」

公敏は硬直した。

「いったいわたしは、あなたにとって何なんですか」

一度口にしてしまうと、もうそれを止めることはできなかった。史緒の口は、まるで決壊した川の水のように、言葉をはき出し続けた。

「ただの飯炊き女ですか。洗濯をするだけですか。都合のいい家政婦ですか。

どうしていつもそうなの。いつもなにも見えていないふりをして、家庭の問題をわたしひとりに押しつけるの。わたしはあなたにとって世話をする人間にすぎなくて、それでちょっとでも重荷になったら外でストレスを発散させろっていう。勝手よ！

本当はわかってるんでしょう。わたしがこれから、ほかの男に会いにいくって……！」

公敏はぎょっとしたように目を見開いた。

史緒は、くるりと彼に背をむけてサンダルのストラップをしめると、バッグをつかみあげて出ていこうとした。

背中の後ろで、あわてふためいた公敏の声がした。

「お、おい。なあ、待ちなさい。かーさん！」

その呼び方に、目の前が真っ白になるほど頭にきた。

「わたしは、あなたのお母さんじゃないわ!!」

バン！

たたきつけるようにドアを閉めると、史緒は一目散に駅へ向かって走り出した。

こみあげてくる息苦しさよりも先に、なさけなさで涙があふれ出た。

(追ってもきてくれない)

ほんの少しだけあった、公敏が追いかけてきてくれるのではないかという期待も、少しすると泡のように消えてしまった。

史緒は涙をふいて、それから切符の自動販売機の前に立った。切符を買うと運良くホームにすべりこんできた電車に、飛び込むように乗り込む。

携帯の着信音が鳴っているのに気づいて、あわてて電源を切った。

（もうなにもかも、どうでもいい）

今日中に戻ってくるつもりはなかった。

パンケーキがどんな人でもいい。ただの年上好きの、遊び人でもかまわない。

だんだんと近づいてくる夕闇と雨の匂いをかぎながら、史緒は密かに心に決めていた。

——今夜は、絶対に家には戻るものか……！

骨が水になるとき

僕らはいつまで神話を信じていただろう、もう忘れてしまった――。

──墓を買いにいこう、と思った。

　いくつか請求した墓地の資料を、もう十年以上使っている角のとれた革鞄《かわかばん》につっこんで、井原臣司《いはらしんじ》は立ち上がった。

「課長、おつかれさまです」

「おつかれさまです」

　女ばかりのフロアを横切りながら、臣司はできるだけ愛想よく彼女たちに返事をした。

「おつかれさま」

　特に月末でもない日の定時は、終業ベルが鳴ったとたんに席を立って出ていくものの姿が目につく。これがほかの部署だとそうはいかないが、月末に死ぬほど忙しいことが決まっている我が部署では、そうではないときはできるだけ定時退社を推奨している。そのせいか、最近ではアフターファイブにジムだの買い物だの予定を入れている者も多いそうだ。

今日もいつもどおり臣司が五時十分にタイムカードを押していると、三階の情報課に所属する真鍋梨花《まなべりか》が息せき切って駆け下りてきた。

「いっ、井原課長、おつかれさまでっす！」

「どうしたの、そんな急いで」

彼女はなにもそんなに押し込まなくても、と思うくらい力強くタイムカードを突っ込むと、

「五時半に息子を保育園に迎えにいかなきゃならなくてっ！」

というが早いか、タイトスカートで可能なかぎりの歩幅で会社の入り口を飛び出していく。

「おつかれさまでしたー！」

声が聞こえたときには、もう彼女の姿はなかった。きっと会社の目の前から五時十一分に出る駅前行きのバスに飛び乗ったのだろう。

（子供を持つ母親は大変だな）

臣司は、梨花の十倍くらいの時間をかけて入り口から門扉まで歩くと、次にバスが来る時間を待つのをやめて駅まで歩くことにした。

残念ながら臣司には、梨花のように自分を迎えにきてくれるのを心待ちにしている子供もいない。家に戻っても、「今日は早かったのね」とエプロンで手を拭《ふ》きながら玄関に出

てくる妻もいない。

結婚歴も離婚歴もない、生まれてからこのかたずっと、正真正銘の独り身だった。

四十六歳、独身。

民家の古いブロック塀の上に、小さなプランターに入った日々草が揺れている。薄いピンクや白などの春の色がまだ多く残っている中で、少し早い夏の濃い赤紫が目にもあざやかだ。

(だめだな。いまごろ感傷ぎみになるなんて)

臣司は苦笑した。

なにも、結婚したいと思える相手にひとりも出会えなかったわけではない。若いころはそれなりに恋愛もしたし、職場が同じ後輩と関係を持ったこともあった。三十代になるころには、クリスマスか彼女の誕生日かに半ばなりゆきのようにプロポーズして、そのままふたりで所帯を持つことになるのだろうと思っていた。

それが、いつまでも煮え切らない臣司に女のほうが愛想をつかすこと四回、一度も結婚にはいたらないままだんだんと歳をとり、いまではすっかり女っ気のない生活を送っている。

それを選んだのは自分だ。あのとき彼女たちにプロポーズをしなかったことを、「あなたはなにも言ってくれない」と詰《なじ》られてなにも決心できなかったことを悔いているわけではない。

だが最近、つとにそれを寂しいと思う。

（ひとり、が――）

会社から駅まで行くのに少し回り道をして歩くと、いまとなっては東京ではめずらしい古い家が建ち並ぶ一角に出る。雀が巣を作りやすそうな隙間《すきま》の多い瓦《かわら》――、磨りガラスの入った窓、低い天井の家々は、昔臣司がまだ子供だったころにはどこでも見かけたものばかりだった。

ここを通って帰るのが、臣司の日々の楽しみのひとつになっていた。すぐそこが都会だとは思えないほどひっそりとしたこの空間では、昭和の時間のまま止まっているように感じる。

つい先日、臣司は近所の寺に墓の空きがあることを知って、ふと墓を買おうと思い立った。

それまではいっさいそういったことを気にしたこともなかったのだが、同期で入社した友人が癌《がん》で亡くなったのをきっかけに、臣司も先のことを考えるようになったのだ。

（俺には親も子供もいないから、そうなったときだれも面倒をみてくれる人がいない。せめて墓くらいは……）

親の葬式をしたときでさえ、目の前のしなければいけないことに追われてそのことを深く考えたことはなかった。というか、なるべくそのことから目を背けようとしていただけかもしれない。

それが、新人研修をいっしょに受け、結婚式にスピーチまでした同年の友人が物言わぬ姿になったのを見て、もし自分がそうなったときという不安が、湿気を吸って重いふとんのようにのしかかってきたのだ。

長いつきあいのある奥さんに思いつくままのお悔やみの言葉をかけ、大学生と高校生だというふたりの娘さんが、かつて元気だったころの友人の写真を手に霊柩車《れいきゅうしゃ》に乗り込んでいくのを見送りながら、臣司はいつだったか彼が元気なころのことを思い出していた。

『おまえはいつも若いよなあ。みてくれがってわけじゃなくて、なんか、こう行動力があるっていうか』

なんと返していいかわからずに苦笑する臣司に向かって、こうも言った。

『いいよな、おまえは気楽な立場で。うらやましいよ』

――気楽。

たしかに、そうかもしれない。

汗水垂らして働いた給料を、たいしたデキでもない子供の養育費に吸い取られることもない。若いころに無理をして買った家のローンに息苦しくなるわけでもない。

自分が稼いだだけを、自分のために使うことができる。特に五年前に都心の駅前に3D

Kのマンションを買ったときなど、やはり独身貴族は違うとずいぶんと冷やかされたものだった。

彼らの言うとおり、好きなように束縛なく生きることを幸福だというのなら、臣司はたしかに死んだ友人よりは幸福だっただろう。

(でも、やつは幸せじゃないのか)

と臣司は思った。

(あの子たちは、親を忘れない)

いい親であろうとなかろうと、親というものはそういうものだ。親になるということは、そういうことだ。

まだ四十五歳で食道癌にかかって、見つかったときにはもう全身に転移していて手遅れで、年ごろの娘をふたりも残して、その花嫁姿も見られないまま逝ってしまった友人。その彼のことを、幸せだと、そんなふうに言う人間は自分以外はいないだろう。臣司だって、だれにも口に出して言うつもりはない。

でも惜しむなにかがあるということは、それだけのものを手に入れていたということにはならないだろうか……

狭い車道とつぎはぎだらけのアスファルトの向こうにある都会のビル群が、ここからではまるで地球を侵略しにきた怪獣のように見える。臣司はいつも寄って帰る民家風のカフェを通り過ぎると、鞄の中から墓地のコピーを取り出した。

もう長いこと無縁仏になっている墓の中には親族が絶えてしまった家系も多く、そのような場合は区に許可をとってから販売することもあるのだという。

都会の真ん中にぽつんとあるその円正寺という名の寺の門をくぐると、水をまいたあとの土の匂いがした。墓地入り口と書かれた門から、約六十坪ほどしかない狭い墓地の中に入る。すると、どれも年季の入った墓石ばかりが並んでいる中で、ひとつだけ綺麗に更地にされた区画が目についた。

それが臣司が買おうと思っている場所だ。

(ここで眠るんだったら、悪くないな)

いつも散歩するときに通りかかるこのお寺を、臣司は落ち着いていていいなと思っていたのだった。その土地に空きがあったのは、まさに幸運だった。あとは自分の葬式のことは田舎の親戚にたのんであるし、いくらか前もって金を払っておけば、何年かは寺のほうで墓の面倒をみてもらえるだろう。

(まあ、死んだあとのことを気にしたって意味ないか)

臣司は、死んだあとのことばかり考えている自分に妙なおかしさを感じた。

ちゃんと子供をなしても、こうして無縁仏になってしまうこともある。せめて墓くらいは用意しようと思って決心したが、よく考えてみるとその墓ですら人間はずっと自分のものにしておくことはできないのかもしれない。

(ずっと、自分のものにできるものなんてあるのだろうか……)

臣司は、からっぽの墓地を見つめつづけた。

(それが、もしかしたら血の絆《きずな》とかだったりするんだろうか)

ぼんやりと顔を上げた。近くの銭湯の煙突から立ち上る湯気に、なぜか火葬場の煙がかさなった。

そのとき、ずずっと土をする音があたりに響いた。

「なんだ……?」

臣司はどこかおっかなびっくりあたりを見回した。だれもいない墓地で物音がするのは、あまり気持ちのいいことではなかった。

ふと、灰色の御影石の間に生々しいピンク色が見え隠れしているのが見えた。臣司は目を疑った。なぜ、あんなピンク色のものがこんなところにあるのだろう。

おそるおそる砂利を踏む音をたてないようにして、臣司はそのブロックに近づいていった。

(だれか座ってる? いや、うずくまっている。なにかを探して……)

知らない家の墓石の陰からそっとうかがうと、なんとそのピンク色の正体は若い娘だった。薄いピンク色のカーディガンに、問答無用で蚊に刺されそうなほど短いチェックのプリーツスカートをはいている。女子高生だろうか、それとも中学生……？　それにしても、年ごろの若い娘が、こんな彼岸でも盆でもない時期にたったひとりで墓地になんの用があるのだろう。

（いったいなにをしているんだ、あの子は）

少女は必死の形相で花を入れる墓石を抜こうとしたり、水がたまっている部分を力任せに押したりしている。どうやら、あの墓を開けたいらしい（なぜそんなことをしているのかは、まったく見当がつかないが）。

臣司は自分でも思いもかけず、その少女に声をかけていた。

「その家紋のところの石をひっこぬくんだよ」

「っっ⁉」

少女はものすごい勢いで臣司のほうを見、しばらくの間信じられないとばかりに目を見開いていた。

少女は、まるでしっぽを逆立てた猫のように険しい顔をして臣司を見上げた。

「……おじさん、ここのお墓の人？」

「いや、違う」

「なにしてるの？」

「えっと、あのへんをね……、自分の墓をね。見にきたんだけど……」

を遮った。

自分のことばかり続けて聞かれそうだったので、そんなことより、と臣司は少女の質問

「ここのお墓を開けて、どうするの？」

すると彼女は手のひらで口元をぐいっとぬぐい、しおれた花の首がまっすぐさを取り戻したような動作で立ち上がった。

（うん……？）

奇妙な感覚がした。

高いマンションやビルが密集した都会の中で、偶然的にぽっかりと隙間をあけた空間。そこに立ち並んでいる、見渡す限りの墓、墓、墓――

その切れ目のない空の下の、灰色の無機質な石の林の中で、少女の着たピンク色のカーディガンだけが、やけにリアルだった。

生々しさを感じた。

それと同時に、彼女はそこでは完全な異物だった。この場にただよう空気、そして灰色の空間、人為的に守られた静寂と静謐《せいひつ》、彼女はそのすべてから反発している。

臣司はそのとき初めて、彼女の足下がおかしいことに気づいた。

（この子、靴を履いていない……）

「自分の墓？」

「死んだら、どうなるのかなって、思ったから」

と、少女は言った。

「えっ」

「死んだら、骨になるんでしょう」

彼女は臣司のほうを、さっきよりかは少しだけ警戒を解いた顔つきで言った。

「おじさん知ってるの？　死んだあとどうなるか」

「そ、そうだね。骨になるよ」

両親の骨を砕いて無理矢理小さな骨壺《こつつぼ》に詰めたときの、あの何とも言えない痛みを思い出して臣司はごくりと唾《つば》を飲んだ。

「それから？」

「えっ……」

「骨になって、それから？」

（骨になって、それからあと――）

「最後はどうなるの？」

彼女は、視線を墓石の下の部分に移した。

「人間は、最後はなにになるの」

なぜこの少女の言葉はこんなにも自分の心をいちいち引っかかいていくのだろう、と臣司は思った。

ただ、痛いだけではない。突き刺すようにするどいわけではない。

(まるで、紙ヤスリのようなもので心をこすられる感じだ)

「じゃあ、見てみる?」

今度は、少女のほうがきょとんとした顔をする番だった。臣司はだれさまともつかない墓の前に座り込むと、敷石の下部分をぐいぐい押した。するとずずっと音がして石がぐらついて、その部分が固定されていないのがわかる。両手でつかんで持ち上げると簡単に持ち上がった。

中に、骨壺を収めるためのスペースがあるのがわかった。

不思議といけないことをしているという感覚は失せていた。臣司は空洞に手を突っ込んで、中から薄汚れた骨壺をひっぱりだした。

骨壺はずいぶんと汚れていて、納骨したときの真新しさはどこにも感じられなかった。

(墓の中にあっても、汚れるもんなんだな)

臣司は思った。どうしてだろう、この小さな空間の中ではいっさいの時間が止まっているのかと思いこんでいたのだ。

「ほら、蓋を開けてごらん」

どこかおびえたような顔をしている少女に向かって、臣司はその骨壺を差し出した。少女の喉《のど》が、こくりと小さな音を立てる。

彼女は、爪の先まで泥だらけになった手をゆっくりとのばして骨壺の蓋を開けた。

「あっ……」

中をのぞきこんだ彼女は、小さな悲鳴を上げた。

驚いたことに、骨壺の中身はなにも——ひとつのかけらも残っていない、空っぽの状態だったのだ。

「……骨は？」

彼女は言った。

臣司はなにも言う言葉が見つからなくて、小さく首を振った。

すると、少女は白くこわばった表情のままぽつりとつぶやいた。

「……わたし、なんにもなくなっちゃうんだ」

「え……」

「ほんとに、なくなっちゃうんだ」

いったいそれはどういう意味か問おうとしたとき、寺の境内のほうからだれかが入ってくるのが見えた。

「あっ、やばい」

臣司はすばやく骨壺を納骨室につっこむと、墓石を元の位置にまで戻るように引っ張った。

「ちょっと、なにをしてるんですか！」

管理人の住職の奥さんらしい人が、向こうからこちらを見つけて叫んでいる。

「おいで！」

臣司は少女の手をとって走った。灰色の石の林を抜けて、なにかわめいている奥さんをものともせずに寺の敷地を飛び出す。

墓地を抜け出すと、急に空がなくなったように感じた。

——少女はなにも言わずにあとをついてきた。

＊＊＊

そのリンゴと名乗った少女は、なぜか靴を履いていなかった。

ちょっと考えた末、臣司はいつも自分が会社帰りにコーヒーを飲んで帰る喫茶店に彼女を置いて、駅前の商店街に靴を買いにいってくることにした。

「ここで待ってて。靴を買ってきてあげるから」

少女は、なにも言わないまま小さくうなずいた。

「あのう、すみません」

合皮やビニール製の安物ばかりしか置いていない、しかも箱を積み上げてその上に置いただけの適当なディスプレイの店先に立って、臣司は店員を呼んだ。出てきたのは、いかにもこういった商店街にいそうな太めのおばさんだった。

「あのう……二十三センチの靴はありますか」

あきらかに自分が履くのではない靴を——しかも女ものを買うのは、いままで体験したことのない恥ずかしさだった。

「女もの？　男もの？」

「あ、女の子、です」

おばさんは商売をする気があるのかどうかわからないぶっきらぼうな口調で、「そこらへん」と場所だけを指さした。

いまどきの若い子がどんな靴をはいているのかもわからなかったので、ピンク色のカーディガンにあうように白のバスケットシューズにした。それから、彼女の靴下が泥だらけだったことも思い出して、隣の百円ショップで女物の靴下を探した。見つけたときには、いまどきの靴下はこんなにも短くてくるぶしまでしかないものなのかと驚きもした。

（あの子、もういないかもしれないな……）

靴が一足と靴下、それに目についたハンカチの入った買い物袋をぶらさげて、臣司はおそるおそるカフェに戻ってきた。

店の入り口から奥をのぞきこむと、あのリンゴという子がまだそこにいるのが見えた。

（よかった。まだいる）

彼女のかたわらには、真っ黒になったおしぼりが小さく丸まっていた。きっとそれで顔や手を拭いたのだろう。

いったいいつから家に戻っていないのだろうと、少し心配になる。

「これ、靴買ってきたから」

臣司が袋ごと買ってきた靴を渡すと、彼女は注文していったクラブハウスサンドをつかんでいた手を置いて、おずおずと受け取った。

「あ、ありがとう……」

ふーん、お礼くらいは言えるんだな、と臣司は意地の悪いことを思った。なにしろ、これくらいの歳の女の子としゃべる機会なんてほとんどないといってよかった。かろうじて臣司の知っている女子高生といえば、渋谷や新宿に出たときによく見る、ブランドバッグを腕に引っかけ、人前で堂々と地べたに座っているような子らしかなかったから。

「ちゃんと……お金、あとで返すから」

唇をトーストの粉だらけにしてもそもそ食べながら、彼女は消え入りそうな声でそう言った。

「ああ、そうなの？」

「返すよ。ちゃんと返す」

　臣司は奥のカウンターでなにも見ていないふりをしてくれているマスターにコーヒーを頼むと、彼女の座っている前であぐらをかいた。

「ここ、いい店だろう」

　彼女は目線だけをちょっと動かして、小さくうなずいた。

　この店はもともと大学の寮だったものをカフェに改装したもので、和をイメージしているからか座席の半分が畳敷きになっている。寮だった当時そのままの窓には、ざっくりと染めた藍染《あいぞ》めの手ぬぐいがカーテンがわりにかかっていたり、使い込まれてすっかり黒ずんだブリキのパーコレイター、ステンレスのアイスクリーム皿など、昔なつかしさを感じさせるアイテムが目についた。

　臣司はその中でも、内装にふんだんに使われている古い家の梁《はり》や家屋のよさをそのまま残した天井が気に入っていた。目にやさしいのもそうだが、それら古材独特の古いものがもつ匂いとコーヒーの香りが違和感なく混ざりあって、どこかなつかしいような、ほっとしたような気分になれる。

「よく来るんだ。だからなにも心配しなくていいよ」

　そう臣司が言うと、

「……心配？」

リンゴはミックスジュースに入ったストローから口をはずして、ああ……と笑った。

「おじさんさ、もしかしてわたしのこと家出娘だと思ってるの」

「違うのかい」

「ううん。そうかもね」

そう、どこか自分に言い聞かせるように言って、勢いよくミックスジュースの残りを吸い上げる。

それから、ストローから口を離してつぶやいた。

「ねえ、さっきの」

「うん？」

「あの中、空っぽだったね」

店のマスターが、底が見えないほど黒々としたコーヒーを運んでくる。彼がカウンターの向こうに戻ったのを見計らって、臣司は返事をした。

「そうだね」

「ねえ、あれってなんでなくなったの？」

「あれ……？」

「骨」

少女の質問があまりにも真摯《しんし》だったので、臣司はコーヒーカップに口をつけるタイミングを逃してしまった。

「人の骨はほとんどカルシウムでできているから、時間がたつと水になってしまうんだよ」

「水……」

彼女は、汗をかいたミックスジュースのグラスの外側をゆっくりと指でなぞった。

「わたし、死んだら水滴になるんだ」

「えっ」

臣司は不思議な歌でも聴いたような気がして、リンゴを見た。

彼女はちゃぶ台の上に頬杖《ほおづえ》をついて、ひらひら揺れる藍染めの手ぬぐいの向こうを見ていた。

（この子……）

不思議なことに、その少し薄汚れたピンク色のカーディガンが、その昭和の雰囲気を再現した喫茶店の中にとけこんでいた。

このカップを置いたら、どうしてあんなことをしていたのか聞いてみよう。そう思ったとたん、またもや先を越された。

「おじさんは、あそこでなにをしてたの？」

臣司は内心苦笑した。こういうどこまでもトロくさいところが、歳をとったということだろうか。

「あそこにお墓を買うつもりなんだよ」

「お墓……。なんで？」

「なんでって……、そりゃあ必要だからさ」

「もうすぐ死ぬの？」

「えっ」

自分も若いころはこんなふうに、言葉をつつしむことを知らなかっただろうか、と臣司は思い返した。

「いや、そういうわけじゃないけど、いつかは死ぬわけだからさ。おじさん、結婚してないから死んだあとどうなるか不安でね。両親の墓は田舎にあるけれど、あそこはもうずいぶん戻ってない土地だし」

「ふーん」

リンゴは、彼女の言葉と同じオブラートに包まない視線で臣司をじっと見つめた。

「つまり、ヒマなんだ」

「ヒマ……、そう、そうかな」

「だから、こうやってわたしなんかにつきあってくれるの？」

臣司は顔を上げた。そして、「いや……」と、ふいに横切った違和感をそのまま口にしていた。

「僕もね、知りたいと思ってたんだ。自分が死んだら、どうなるのか」

「水になるんでしょ」

「そうなんだけど、本当にそうなるのか見たことがなかったから」

どうも歯切れが悪かった。こんな若い女の子相手にしゃべることがそもそもないからか、それとも彼女が持っている、古いものを無理矢理新しいと思わせるなにかが、臣司の口にためらいを覚えさせているのか。

とにかく、話しにくい。

なのに、心地よかった。

彼女は、またふーんと言った。

「見たことなかったんだ。おじさん、歳とってるように見えるのに」

「歳とってるよ。少なくとも、きみのお父さんよりは上じゃないかな」

「見たこともないのに、知っているって思ってたの？」

コーヒーカップの耳をつまもうとしていた手が、びくっと震えて止まった。

「もしかして、おじさんの知っているってことって、半分くらいは見たことないこと？」

「いや……」

なにか言わないといけないと思って、臣司は無理矢理口を開いた。

「め、目で見えることは、すべてじゃないよ。経験して知っていくことが大事だし、世の中には見えないものもたくさんあるから」

「でも、骨が水になるの、見たことなかったんでしょ」

そうだった……、と臣司は彼女の意見の正しさを認めた。

もしかして、自分は歳をとってたくさんのことを知っているつもりでいるだけで、本当はその十分の一も自分で見たり体験したりしてはいないのではないか。

だとしたら、人間の知っていることとは、なんていい加減なものなのだろう。

(そんなの、知らないも同然じゃないか)

急に黙りこんでしまった臣司のほうをチラッと盗み見て、リンゴがまた口を開いた。

「ねえ、おじさんなんで結婚しなかったの」

今度はまたありふれた質問だな、と臣司は思った。それは会社でも、会社の外でも何千回と聞かれたことだったからだ。

そのたびに、臣司はいつもなんと返事をするか決めていた。「いい人に出会わなくて」と言うとおせっかいな人に見合いを勧められることはわかっていたから、そんなときはなるべく「ひとりのほうが気楽なんですよ」と答えることにしている。

「ええとね。それは」

でもなぜか、そのときだけは、臣司はほかの人にするのと同じような返事をしようとは思わなかった。

「どうして結婚しなければいけないか、わからなかったんだ」

すぐ目の前で、リンゴがひゅっと息をのむ音がした。

「モテなかったの？」

「うーん、モテたことはないけど、ふつうに恋人はいたんだよ」

「続かなかった？」

「いや、いままでつきあった人とは、長く続いたこともあったんだ。でも、どうしても最後の一歩が踏み出せなかった。相手が僕のひと言を待っていることは十分にわかっていて、見て見ぬふりをしていたんだ。そのせいで、みんなしびれをきらしたり、僕を軽蔑したりして僕の元から去っていった」

こんなことを、きみみたいな歳の子にいうなんておかしいね、と臣司は付け加えた。

「僕は勝手なもので、そのとき『どうしてプロポーズしなかったんだろう』と自分を責める自分がいる一方で、『どうして結婚しなかったらいっしょにいられないのか』と相手を責める自分がいることに気づいてしまった。もしかしたら、僕は試したかったのかもしれない。結婚という切り札を使わなくても、僕の側にいてくれる人がいるかどうか……」

話しているうちにだんだんと止まらなくなってきて、臣司は自分でも面食らっていた。言うならば自分の心の底の底のへんから、急になにかが押し上げてきているような感覚だった。それが、出口を求めて喉を押し上げ、口から吐き出されている……

ああ、自分はだれかに話したかったのだ、と臣司は自覚した。

リンゴが相づちを打ってくれるのをいいことに、臣司はそのまま滔々《とうとう》としゃべり続けた。

「僕はね、ばかばかしいことだけれど、いろんなことが他の人のようにはすんなり受け入れられないんだ。どうしてこんなものにこんなお金を払わなくちゃならないんだろう、とか。どうして会社に行くときは、決まってスーツを着なくちゃならないんだろうとか。頭ではわかっていることなんだ。わからなくても、少し考えればわかることだ。そうしないと、社会がきちんと成り立たない、秩序が崩れてパニックになってしまう。だから、ルールは守らなきゃならない。そのほうがいいから、そうなっているんだと。なのに、どうしても最後の最後でそれらに引っかかりを覚えてしまう」

もう、どうしようもないね。

そう言葉を漏らすと、口の中にコーヒーとは違う苦みが広がった。

（そうだ。もう、取り返しがつかない）

三十八のとき、最後につきあっていた彼女とも別れた。『あなたは本当は、わたしのことなんかどうでもよかったのね』そう、何度同じような言葉をぶつけられただろう。『あなたの言うことは理解できるわ。でも、だからってどうしてそれをわたしに押しつけるの？』『それで結婚せずにずっと同棲《どうせい》して、世間からどんな目で見られるかわかってて言ってるの?』『親が泣く』『一度くらい、真っ白なウエディングドレスが着たい』……

そして、最後に決まってこんなふうなせりふを吐くのだ。

『わたしには、あなたが結婚できない理由のほうがわからないわよ!』

――そして、その結果が、あの墓だ。

臣司は、自分でもなさけなくなって目の上に手でひさしを作った。

マンションを買っただけではあきたらず、たったひとりで、必死で自分が死んだあとの居場所まで探している……

(あのときの臆病のツケがまわってきたのだ)

彼は、ほとんど氷の溶けてしまった水をあおった。そうすることで口の中の苦みごと、飲みこんでしまえるかと思った。

「……わたしも、そーゆーこと、あるよ」

ぷっつりとなにかが切れた音のように、彼女が唐突に口を開いた。

臣司は、リンゴを見た。

「なんで、親と仲良くしなきゃならないのか、わかんない」

と、リンゴはもう残り少ないミックスジュースをストローでかき混ぜた。

カラコロカラ、と氷が動いてグラスの中で音をたてる。

綺麗な音だった。

「親と話すと、足下にずっと靄《もや》がかかってるみたいになるの。自分がどこにいるか、どこに立ってるかよくわからないし、見えなくて……。不安で、不安でたまらなくなる。それで、もうそこにはいられないから、どこかちゃんと立てる場所を探したい。でも、どうしていいのかわからない。どうやったら、もっとうまくやれるのか……」

それが、彼女の細い体から絞り出されたまぎれもない本音だということがわかって、臣司は耳をとぎすまそうとした。

「いまの自分じゃだめなこともわかってるの。いまの自分じゃ、納得できる大人になれないし、幸せになれないってわかる。ここじゃダメだし、いまのままじゃもっとダメだし。わかってるの。知ってる。わかってる……。でも――」

彼女のグラスを握った手に力がこもった。

「それって、もしかしたら本当はだれかに聞いたことだったかもしれない」

骨が水になるっていうのと同じで、と彼女は言った。

(骨が、水になるのと同じ……)

リンゴが、ふっと目線を上げて臣司を見つめた。

「あの中になんにもなかったのを見てショックだった。中が空っぽなんじゃない。わたしの思ってたことが、本当は空っぽなんじゃないかって……」

骨が水になるところを、だれも見たことはない。

自分が知っていると思ったり、わかっていると信じているものは、本当はだれかやテレビや属しているコミュニティで見聞きしたものがほとんどだったりする。

臣司は思った。

（そんなものに、どれだけ自分たちは振り回されているのだろう）

骨が水になるのなら、本当は墓なんかいらないんじゃないのか。どうせあの臣司が購入した土地だって、いつかは草ぼうぼうの無縁仏になって、十年もたてばだれか知らない人間が墓石を建てるのだろう。

しかし、そいつだっていつかは水になる。

「問題は、みんなそう信じてるってことじゃないだろうか」

臣司のつぶやきに、リンゴがまたふっと視線を上げた。

「信じてる？」

「そう。……うまく言えないけれど、結婚しないといけないとか、家族が仲がよかったら正しいとか、お墓があったほうが安らかに成仏できるとか……。それこそ死んだあとのことなんて、だれも経験してないからわからないのに、成仏するとかしないとかいうのは変じゃない？」

「でも、したことないし、経験したくもないけど、犯罪とかはないほうがいいと思うけど」

「そうだね」

苦笑いで言いながら、臣司は頭の中で、自分の思っていることがうまくあてはまる言葉を探していた。

「信じているのに、知らないこと、か……」

こうして、三十歳も離れている少女と普通に話をしているというのが自分でも不思議だった。リンゴはピンクのカーディガンとミニスカートという格好をしていて、気遣いのないしゃべり方も、ずっとなにかに触っている落ち着きのなさも、年相応の若い子だとは思うのに、会社の新人の子と話すときのような気疲れを感じない。

もっというなら、この子といると時間が止まっているような感覚さえ感じる。

(いや。止まっているんじゃない、立ち止まっているんだ)

すっかりぬくもりを失ったコーヒーカップを見つめながら、臣司はふとそんなことを思った。

はじめは、このことさら古さとなつかしさを全面に押し出した喫茶店の作りのせいかとも思った。

しかし、話しているうちに臣司はそうではないことに気づいた。

（たぶん、この子の返事は、俺がずっと思っていたことだからだ。さっきからずっと、ふたりでしゃべっているような感じがしなかった。俺にとっては、これは自問自答をしているのと同じだったんだ）

目の前にいるこのリンゴという娘が、自分と同じ感覚を持っているということに、臣司はそこでようやく気づいた。

（不思議なものだ。いまどきの女子高生なんて、もう自分とはかかわりあいのない人種だと思っていたのに……）

本当は、なんていう名前なんだろう、と臣司は思った。彼女が言っていた、母親が幸福の実からつけたというのもそれらしいが、まさか本当にリンゴという名前じゃあるまい。

知らない間に、店内の照明が夜間営業用に変わっていた。

まわりのテーブルの上には火のついた蠟燭《ろうそく》がぽつぽつと置かれていて、これからこの店が夜用の装いを始めるのだと、暗に臣司たちに教えていた。

リンゴは臣司が買ってきた靴下と、バスケットシューズを履いた。

「これ、いくらくらいになった？　お金、ちゃんと返すから」

何度もお金のことを言うのは、もうかかわりたくないと思っているからだろうか、と臣司は少し寂しさを感じた。それでも、そう思うのは贅沢《ぜいたく》なことなのかもしれない。いまどきの若い子は、これくらい大人に出させて当然という輩《やから》も少なくはないのだから…

（いや、これもテレビかなにかで聞いたことだったかな）

臣司から靴と靴下分のレシートを受け取ると、リンゴはちょっと考えて、それから、

「お金、来週の金曜日でいい？」

と言った。

「それから電車賃も借りてもいいかな」

「いまから、家に帰るの？」

「うん」

彼女は新しい靴をとんとんと床にうちつけると、ふと目線を上げて臣司を見、

「あのね、わたし、本当に家出少女じゃないよ」

その日、初めて臣司に笑いかけた。

その瞬間から、彼女は臣司の中で、墓場で会ったときよりももっとリアルになった。

＊＊＊

「課長ぉー、これからデートですか？」

と、突然部下に言われた臣司は、思わず持っていた鞄を落としそうになった。

「い、池上君……」

「やーだ。もしかして図星ですかぁ」

「そ、そんなんじゃないよ。そんなんじゃない」

「だってえ、最近課長週末になるとおしゃれしてくるじゃないですかー」

臣司が代理で課長をつとめる課の新人池上雪子が、ぬりたくった唇に負けず劣らずきらきらした目でそう言った。

「ウチの課で噂《うわさ》になってたんですよー。とうとう硬派な井原課長も花の独身主義を返上するのかって」

「あ、あのねえ池上君……」

「し・か・も。ネクタイの柄をプータンとかにしてるから、相手は若い子なんじゃないかって」

「……」

図星のそのまたど真ん中をぐさっとやられて、臣司は思わず二の句をつげなかった。まったく、女の子とはどうしてこういう細かいところだけは見ているのだろう。

「とにかくおつかれさま。きみも早く帰りなさい」

「がーんばってくださいねえええー、かちょーファイトー！」

池上雪子の意味不明なファイトコールを背に受けながら、臣司はほうほうの体で会社を逃げ出した。

あれから、リンゴとは毎週会社帰りに会っている。

はじめは、貸していた靴代やらを返してもらうためだったのだが、その後もなんとなくなりゆきで会いつづけていたのだった。

その日もきっかり定時であがって待ち合わせの場所に行くと、いつも待ち合わせに使っている駅の切符売り場の前にリンゴが立っていた。臣司を見つけるなり、彼女はくったくのない顔で笑う。

「井原さんって、ほんとーにサラリーマンなんだねえ」

彼女は見覚えのある制服の上に（たしか、朝の電車で同じ制服を着ている学生を見たことがあった）、初めて会ったときに着ていたのとは違う、薄手のトレンチジャケットをはおっていた。ほかの派手な女子高生たちのように、目のまわりを描いたり頬を赤くしたりはしていない。唇になにかつやつやしたものを塗っているくらいだ。

（女の子は、服ひとつでこんなにも印象が変わるんだな）

臣司は何度も鞄の取っ手を握り替えした。なぜだかわからないけれど、リンゴの横に並んで歩くのがどこかこそばゆい。

待ち合わせをしてもいつもどこか目的があるわけでもなく、人が行くほうへそのままついていったり、わざと人気のないほうに行ってみたり、気の向くままに並んで歩くことが多かった。臣司としても、そのほうが無理がなくてありがたい。いまさら格好をつけて若い子が好きそうな店へ案内したり、大人ぶってみたりしてもしかたがないし、なんといっても、臣司はリンゴに墓を買おうとしたことまで知られているのである。

「きみは変わってるね。こんなおじさんといて、話したりして楽しいの？」

あまりにも彼女がすんなりと打ち解けてくれたので、臣司は少し不審に思ってそう聞いてみたことがある。

自分のような年ごろの男と話し慣れているということは、もしかして援助交際とかをしている子ではないかと、そう思ったのだ。

「援交ねらいだと思った？」

スタンド売りしているクレープの包みをびりびり破りながら、リンゴはそのままずばりを聞いてきた。

臣司がなにも言わないでいると、彼女はちょっと顔つきを変えて、

「……援交はしない。怖いから」

リンゴがそう言ったというよりは、彼女の傷が言わせたような言い方だった。

うまいコーヒーを飲み歩くことくらいが趣味の臣司は、コーヒーなんて自動販売機のインスタントしか飲んだことがないという彼女のために、何度か行ったことのある喫茶店につれていったこともあった。

そこで臣司は、リンゴが彼女の母親とうまくいっていないことを話すのを聞いたり、自

分と彼女があのときに感じた無機質な違和感——彼女に言わせれば、常に足下をおおっている靄のようなもの——について思いつくままに話し合ったりした。

「家に帰ってもしんどいだけだって思いはじめたのは、中学のころだったかな」

そう、彼女は言った。

「家が狭いってことじゃなくて、狭い箱の中に自分で体を折って入っていくみたいだった。どうしてもそれがいやで……、そんなことしているうちに体が変形してしまいそうで、家に帰るのがいやになった」

それで、高校に入ってひとり暮らしをしている友人ができたのをきっかけに、さかんに夜、遊び歩くようになったのだという。

自分と母親の間には、なにかがあるのだと、そう彼女は言った。

「なにか？」

「うん。すごく重くて大きなものが横たわっていて、でも、なんていうんだろ……。靄みたいな」

「重いのに、靄みたいなの？」

よくわからない、とリンゴは甘くしたホットのカフェオレをすすった。

「ママは、わたしのこと嫌いなんじゃないと思う」

「うん」

「いつもわたしのことを心配しているし、いいママだと思う。服とか、あんまり派手だと好きな服を買ってくれなかったり、門限をうるさく言ったりするけど、夜出歩いたりするのって、よく考えたら自分にとってあんまりいいことじゃないから。それくらいわたしにもわかる」

「そうだね」

臣司は、ゆっくりと受け止めるように相づちを打つ。コーヒーをすすり、彼女の話がとぎれると、彼女に質問する。ときには、いっしょになって黙り込む。

その時間が、どれも居心地がいい。

「ママの、どこがいやなの？」

すると、リンゴはどこか驚いたようにぱっと頬杖を離して、それからきっぱりとした口調で言った。

「平凡なところ」

「平凡なところ？」

「……パパがいないと生きていけなさそうなところ」

ああ、と臣司は息をついた。

（この子は、まだ若かったんだな……）

臣司だってこのリンゴと同じ歳のころは、ひとつふたつ歳をとることがものすごく大人になるように思っていた。それが、歳をとってみてわかる。成人したことでも、たとえ三十になってもなにも変わらない。変われなかったことで、自分がひどく遅れていて幼いのではないかと焦りを覚える……。似たようなミスをまた繰り返したり、人間関係に悩んだりすることで、自分が成長していないのではないかと感じたりする。

そんなことは、節目を越えるたびにいつも感じたことだった。そして、きっと死ぬまでそう思うのではないかと臣司は思っている。

「結婚をしていない僕が言うのもなんだけど、大人ってきみたちが思うほど完璧じゃないんだよ」

臣司は、自嘲《じちょう》混じりにそう切り出した。

「三十歳や四十歳になっても、こんなことも知らないのかって馬鹿にされることもよくあるんだ。むろんそれは恥ずかしいことなんだけどね。きみのお母さんだって、まだ四十前だろう」

「でも、人の親になったんだから、それなりに……」

「それなりに人格者でしっかりしていて、ちゃんと自分で稼ぎがあって？」

「……」

「そんな難しいこと、どうやって？」

そう言うと、リンゴははっと目を瞠《みは》って、それから不服そうな顔で黙り込んだ。

「ごめんね」

少し意地悪な言い方をしてしまったことに、臣司はそう謝った。

「僕たちは、きみたちが思うほど完璧じゃないんだ。すぐに難しい問題にはそっぽを向くし、楽をしたくなる。それで僕らはよく、きみたちに大人になったらわかるとか、自分で金も稼いでないくせにとか言って、きみたちを子供扱いしてしまうんだ。本当は、大人こそが最も子供なんだよ。でも、それがすぐにわかるほど、世の中は親切にできているわけじゃない。そこが、とても難しいね」

こうしてリンゴと話していると、常に自分の目の前にあったあの靄のような違和感が、はっきりと形をとっていくような気がした。

リンゴの足下にもあったという、靄のような違和感。

臣司が交際相手からなにかを求められ、結婚をちらつかされるたびに相手の顔を隠してしまった、あの靄…

(もしかして、同じものなのだろうか)

リンゴが言った。

「ねえ、じゃあわたしって、いつ大人になるの？」

「うーん。もういい歳した大人のくせにって言われはじめるころかな」

「ママのことも、わかるときがくる？」

「長い時間が必要だろうね」

「骨が、水になるくらいに？」

リンゴと目があった。彼女は視線が重なった瞬間、ふっと目だけで笑った。

「じゃあ、見届けられないかもしれないね」

言うことが、いちいち印象的だった。

あるいは、臣司の心の中にだけそんなふうに響いているのか。

「これからも、結婚しないの？」

ふいに、リンゴがそう聞いた。

「えっ」

「あのお墓に、ひとりで入るの寂しくない？」

その問いを肯定するにはちょっと自分がかわいそうに思えて、臣司は無理矢理に笑った。

「そうだね。でも、この前は結婚する意味がわからなかったとか言ったけど、本当は少し前から気づいていたような気がする。友人の葬式に出てね。娘さんが黙って泣いているのを見たときかな」

「そう」

「――ねえ。きみが、初めて会ったときに言ってた、靄だと言ったものの正体が、少しずつわかってきた気がしてたんだ。きみはさっき、家に戻るときに小さな箱の中に体を押しこめられるようだって言ったろ」

　リンゴはうなずいた。

「僕もそうだった。結婚って、そんなふうに思えたんだ」

「結婚が、箱？」

「そう、彼女たちが用意した、ちいさくて綺麗な箱。宝石箱」


「怖かったんだ……」


　と、自分でも信じられないくらい情けない声で、臣司は言った。不思議なことに、そう言ったとたんに、臣司は本当に自分がそう思っていたことに気づいた。

　ずっと、女の人を恐れていた。それは結婚なんて考えていなかった学生時代の恋愛、社会人になってつきあった相手、結婚を前提にと勧められた見合い、そのどれに対してもそうだ。

　女の人は怖い。

　こうあるべきだと、勝手に相手のことを決めてしまう。結婚とはこうあるべき、幸せとはこうあるべき、お金があって、ゆとりがあって、持ち家があって…

それをぜんぶ自分にもたらしてくれる、力強い男を求めている。

「でも、逆らえない」

「どうして？」

「たぶん、自分でもそれが正しいと思っているから」

幻想みたいなものだろうか、と臣司は思った。

リンゴの足下にずっとかかっていたという靄。そして、さまざまな女性たちに対して自分の感じていた違和感……

(幻想)

少し、言葉が違うような気がする。

もう少しほかに、適当な言葉があるような、まだ意味を言い足りていないような感じがある。


「神話」

塗っていた透明な口紅——きらきら光っていたものがすっかりなくなった唇で、ぽつりとリンゴは言った。

「神話？」

臣司は聞き返した。

「そんなものなのかなあって。わたしが信じてたものって」

彼女は、指でしきりに耳のあたりの髪をいじりながら言った。

「わたしね、おとぎ話とか、そういうの読むの好きだったんだ。ほら、外国の神話で太陽に行きたくてロウで羽を作った男の人のお話があったじゃない」

「イカロス」

「うん」

彼女は短くうなずいた。

「ああいうのってみんな嘘なんでしょ」

「嘘……、っていうのは少し違うかな。口から口へ言い伝えられてきたっていうか、作者不詳っていうか」

「じゃあ、やっぱりそうだね」

確信に満ちた目で、彼女は言う。

「神話だよね。だれも、本当かどうかわからないのに、それを必死で信じてるの。みんなが言ってきたことだから、昔からそうなってるからきっと本当なんだろうって。見たことがないのにそうだと思ってるの。骨が水になるのとか、そんなみたいに……」

(神話)

不思議な言葉だと、臣司は思った。

（たしかにそうかもしれない）

それは、まったくリンゴの言うとおりだった。臣司が悩み、ずっと受け止めきれずに逃げつづけてきたものの正体は、人の口と時間によってとぎすまされ、作り上げられてきた美しい物語だったのだ。

いわく男と女は結婚しなければならない。男は稼ぎがないといけない。男らしくないといけない。包容力がないといけない。決断力がないといけない——

それらはすべて、男はこうあるべき、という神話だったのだ。

だれが作ったのだかわからない、けれど長い間人々の口で伝えられてきた、正体不明で残酷な美しい物語。

（そうか）

自分が、どうしても結婚に踏み切れず、その後だらだらとひとりで生きてきた理由を、臣司はそのとき初めて知った。

（それを押しつけられている気持ちを、この子だけがわかっていた。彼女もまた、神話を見ていたから……）

この子だけ——

そのとき臣司は、リンゴのなにも塗っていない頰に釘付けになった。

赤みを帯びた頰……。なにも塗っていなくても赤い部分は赤くて、白い部分は白い顔。

そういえば、女性は本当は化粧などしていない顔のほうが綺麗なものだと聞いたことがあった。

それも、聞いて知ったことで、実際にそういう人を見かけたことはなかった。

（ああ、たぶん）

と、臣司は思った。

たぶん、リンゴとこんなにもなにもなく普通に話ができるのは——、まっすぐに見返すことにためらいがないのは、自分と彼女の間に神話がないからだ。

臣司は、彼女の足下をおおっている靄ではない。

そして、リンゴは臣司を小さな箱に閉じこめようとしていない。

（綺麗だな）

臣司は、目を細めてリンゴを見た。

「ふふっ」

彼女は、臣司の視線に気づいてからかうように言った。

「でもなんだかおかしいの。女の人が怖いなんて」

「うん」

正直にうなずくと、喉の奥にあったつかえ感がほんの少し軽くなった気がした。

「じゃあ、わたしも怖い？」

「いや……」

「わたしね、援交、してたよ」

唐突に、彼女はそう告白した。

「単にお金が欲しかっただけじゃなくて、ずっと、なにかしてないと不安だった。もうすぐ、もうすぐ二十歳になって大人になるのに、勉強もしたくないし、がんばりたくないし、でもなにかやってないとすごく負けそうで、それで、将来のためにお金を稼げばいいかって思った」

臣司は、じっと体をかたくしてリンゴの言うことに耳をかたむけていた。正直なところ、彼女の（いや彼女たちの）価値観は、もう歳をくった臣司にとってはすぐには理解しがたいところはある。

けれど、受け入れることはできた。

臣司はうなずいた。

それで安心したのか、リンゴは続きを話しだした。

「はじめは、別の名前でいろいろと人格とかを作ったりできるのが楽しかった。自分じゃないみたいで……。みんなわたしのことをほめてくれるし。そりゃ、若いってだけがいいのかもしれないけど、ほめられると気分よかった。

そのうちに、いつかお金をためて、ほかの自分になれたらって思うようになった。コインロッカーにいろんな服を置いて、親が知らないお金をいっぱい作って夜遊びするのは楽しかった。でも、親の買った服とか着てたら会合《ミーツ》とかでも浮くから、それでお金がいるようになって、どんどんエスカレートしていったの。どんどん違う自分になっていった……気がしてた。

――でもね、結局自分で消した」

彼女は、携帯のボタンかなにかを押すしぐさをした。

「ピッ」

それから、ぎゅっと手のひらを握りしめた。

「警察に捕まりそうになって、それで援交相手と交わしたメールとか、ぜんぶ消さなきゃって思った。いろいろ作った人格を消して、アドレスも消して、真っ白になってほっとしたら、ママからメールが入ってたの。

――おねえちゃんへ、って」

それから、急になにもかもが恐ろしくなって一心不乱で走って逃げたのだと、彼女は言った。

「そのときに思ったんだ。もういっそ死んでやろうか。でも、人が本当に死んだら、どうなるんだろうって」

水になるんだったよね、と彼女は言った。

「じゃあ、雨とか、川とか、みんなわたしたちといっしょだね」

そうも言った。

＊＊＊

それから、何度か二人で〝神話〟について話をした。

あれこれずっと歩きながら話したり、川ぞいを歩いたりして、彼女が口にしていた〝足下にかかっている靄のような不安〟のことも、少しは解明することができたように思えた。

まだ五時すぎだというのに、渋谷の街はもう薄暗く、すぐ頭の上にまで夜がたれこめてきているかのような重さがあった。雨の匂いがする、とリンゴがいった。そういえば今日は夜から雨だと、朝のニュースで言っていなかっただろうか…

「いろいろ話せてすっきりした。ありがとう」

と、彼女ははにかみながら言った。

「井原さん、いくらヒマだっていってもわたしにつきあいすぎだよ」

「そ、そうかな」

それから、援交なんかする女子高生に引っかかっちゃだめだよ、と笑う。

実際、話せば話すほど彼女の顔のこわばりがどんどんとれていくようで、臣司はほっとすると同時に、心から気に入って選んだプレゼントを手渡すときのようななごりおしさを感じずにはいられなかった。

（おかしいな。こんな子供に……）

自分でも、変だと思っていた。こんな指の先まで緊張するような想いは、娘のような歳の子供に対して抱く気持ちではないように思う。

「ママに、神話のこと話してみる」

最寄りの駅に向かって歩きながら、

「それから、ずっと足下にあった靄のことも。嘘は言えないし、ごまかしたり見ないふりをするのも好きじゃないから」

彼女は、爆弾でもかかえているような顔で、ずっと言いたくても言えない言葉がある、と言った。

「言いたくても、言えない言葉ってあるよね」

「言いたくても、言えない？」

「言葉がないものっていうか、言葉にしちゃいけないタブーっていうか。わたしね、ママに言いたくて言えなかった言葉があったんだ。それを言ったらダメっていうか、それを言ってしまったら取り返しがつかないような気がして、ずっとずっと黙ってた」

人混みの中を歩いていても人混みにまぎれない声で、リンゴは言った。

「でも、もう少し自分に自信がもてるようになったら、ママにそれを言ってみるね。骨が水になるのなんて待ってらんないもん」

臣司はうなずいた。

自分にも、言いたくても言えない言葉はある。

それは、小さな綺麗な箱のことや、靄や神話のことではなかった。

どうしても言えない。

言ってはいけなくて、言ってしまったら取り返しがつかないような気がする。

だから、そのことに気づいてからも臣司は黙っている。

たぶん、一生言えないだろう。

(せめて、名前を聞けないだろうか)

臣司は自分の少し前を歩くリンゴの背中をじっと見ていた。

(でも、聞けない。名前を聞いたら警戒されそうで、こんなふうに思っていることを知られそうで怖いんだ)

彼女だけには、援助交際なんかするほかの男といっしょに見られたくない。いまのまま、いい距離を保ちつつ、年上の気の許せる友人というポジションでいたい。

なのに、それをぶちこわしにするひと言を言ってしまいたい自分がいる。

もしそのことを打ち明けたとしても、こんなよれよれで染みだらけのみっともない中年、まともに相手にされるはずがないのに。

（いつのまに）

と、臣司は歯を食いしばった。

（いつのまに、こんなふうになるまで落ちていたんだろう）


『死んだら、どうなるのかなって、思ったから』

——思い出した。

臣司は、立ち止まった。

あの灰色の墓石の林の中で、妙にリアルだったピンク色が目に飛びこんできたときからだ。

冷たい灰色の石ばかりが並ぶあそこは、臣司にとって自分の終わりを意味していた。いつか、ここに埋まって同じようにしんと静まりかえるのかと、妙な寒気をおぼえたりもした。

その、ほとんど諦《あきら》めかけていた生の中に、ふいに混じり込んだ生々しい色。

灰色の林の中のピンク――生きている人間の色……

それが、彼女だったのだ。

そうわかった瞬間に、臣司はとてつもなく恥ずかしくなった。

「あ、あのっ」

声がどもった。緊張のためか喉に痰《たん》がからまる。目の前で、ゆっくりとリンゴが振り返った。

「本当の名前を、聞いてもいいかな」

自分でも、顔が真っ赤になっているのがわかった。

リンゴは、うつむいて顔も上げられない臣司の顔をのぞきこもうとした。

「名前……?」

それから、ボタンのとれかかった臣司のスーツの袖口を軽く引っ張った。

「あのね、りんごだよ。幸福の実」

「え……」

リンゴはおもむろに臣司の手をとると、手のひらの上に指で文字を書きはじめた。

「……っ」

息が、

止まるかと思った。

「ほんとうに、幸福の実って書くんだ」

「幸福の、実……」

「そう」

彼女が、笑った。


「さちみ」


彼女の背後に、だれかがたっているのに気づいたのは、そのときだった。

「ちょっとすいませんがね」

臣司ははっと顔を上げた。

なぜか目の前で、制服を着た警官がものすごい顔で臣司をにらんでいた。

「あんた、この子まだ高校生でしょう」

リンゴがひっと小さく叫んで、反射的にその場から飛びのいた。いきなり警官に話しかけられて驚くのはわかるが、それにしては病的なくらい顔を真っ白にしている。

「あの、なにか……」

「なにかじゃないでしょう。あんた、そんな子供つれてどこに入る気です？」

そう言われて、臣司は初めて自分たちがブティックホテルの前に立っていることに気づいた。

(まさか、援助交際と間違われた⁉)

彼は、あわてて大声をだした。

「ち、違います。僕たちはそんなんじゃなくて――」

焦りのあまり、うまく言葉が出てこない。脇から顔を白くしたまま、リンゴが言った。

「援交なんかじゃありません。わたし、そんなことしてません‼」

彼女はまさにかみつきかねない勢いで、そう抗議した。しかし、

「違うかどうかは、ここじゃなくてあっちで聞きますから」

(あ……)

警察署につれていかれるのだ、と臣司は悟った。本人たちにそのつもりがなくても、ここは場所が悪すぎる。この時間に、制服を着た女子高生と中年のサラリーマンがブティックホテルの前をうろついているなんて、どう考えてもほかに言いのがれができない状況ではないか。

「本当に違うんです。僕たちはただお茶をして話していただけで、いまからこの子を駅まで送っていく途中だったんです。本当です！」

「へえ、あんたたち、それで友達だとでもいうつもりですか。いったいどこで知り合っ

て？　そんなに歳も違うってのに」

警官は、はなっから臣司たちのことを信用していないようだった。彼は、手間かけさせんでくださいよ、と鼻で笑った。

（なんで、どうしてだ……）

困ったことになったという思いよりも怒りのほうが先んじていた。なにを言っても信じてもらえない、決めつけられることへの不快感といらだちが、臣司の重い口の錠をとっぱらった。

「……そんなに変ですか。僕みたいなやつが彼女のことを好きなのが」

臣司は両手を石のように固くにぎりしめたまま、警官のほうへずいっと詰めよった。自分でも、思ってもみなかった行動だった。

自分のすぐ側で、リンゴが「えっ」と小さく声を上げた。

「僕みたいなオッサンが若い子を好きになったら、それはぜんぶ援交になるんですか」

彼の妙な迫力に気圧《けお》されたのか、警官は一歩あとずさった。

「あ、あんた、なに言って……」

「………いのか」

勢いに流されるまま、臣司は決して言わないでおこうと思っていたそのひと言を口にしてしまっていた。

叫んだ瞬間、しまったと思った。

「——俺が、彼女を好きで悪いか！」

老婆は身ひとつで逃亡する

——44年目の華麗な復讐です。

――一千万たまった。

へそくり用に使っている某地方銀行の通帳を両手で握りしめて、初恵は思わずぶるぶると震えた。

見間違いではないだろうかと、もう一度念を押して通帳をのぞき込んだ。……間違いではない。たしかにいま通帳のいちばん新しい欄に記帳された数字は、一千万を示している。

十年。

それは初恵が十年かかってためた、夫からの逃亡資金だった。大手の建設会社に勤める夫の久征《ひさゆき》の給料を、せせこましく封筒によりわけながら、こつこつとためてきたへそくりだった。

「なんとか間に合ったわ、よかった」

初恵はきんちゃくの中に通帳をしまうと、もう二十年以上使っている茶色のバッグの中に入れて脇にはさんだ。

再来週の金曜日。それが、初恵にとっての決戦の日だった。その日は夫清水久征の六十三回目の誕生日。

つまり、定年の日である。

十九のときに彼と見合い結婚をして、今年で四十四年。この日ほど、初恵が心待ちにしていた日はほかになかっただろう。

一千万はたまった。

あとは、逃げるだけだ。

一千万を抱いて、横暴な夫の元から逃げる。

(あとは、『あれ』をする)

初恵は思った。

『あれ』をしないと、夫に復讐《ふくしゅう》したことにはならない。お金の問題ではない。『あれ』だ。『あれ』をするために、初恵はこつこつともうひとつの腕を磨いてきたのだから。

「あら、いけない。もう戻らないと」

一千万という文字に見入っているうちに、四時を回ってしまったらしい。初恵は入り口脇の壁に立てかけてあった、買い物用のカートを引っぱって銀行のATMサービスをあとにした。

最近は重いものを持てなくなったせいもあって、めっきりこのカートなしでは買い物にでられなくなっている。

「〝愛しながらも、運命に負けて
別れたけれど、心はひとつ……〟」

アスファルトの色もすっかりはげて決して歩きやすいとはいえない細い道を、初恵はぼんやりと鼻歌を歌いながら歩いた。

ここらへんは駅を挟んだ向こう側とは違って、東京の中でも特に古い町並みが続いている。とはいっても、昨今テレビや雑誌でレトロだなんだと取りざたされるようなおしゃれなものではない。むかしなつかしいタバコ屋がまだ赤と白の看板を出していたり、打ちつけただけの外壁がわりのトタンがすっかりさびて焦げ茶色に塗りつぶされていたり、そんな他愛もない古さが目によくつくというだけだ。

「こんにちは、清水さん」

ふいに声をかけられて、初恵は急いで顔を上げた。向こうから、お向かいの岡島さんのご夫婦が並んで歩いてくるのが見えた。

一昨年定年退職されただんなさんと、初恵のお茶のみ友達の奥さんの間に、四歳になるお孫さんをつれている。

「あらおそろいでこんにちは。そちら下のお孫さん？　おおきくならはったわねえ」

十九のときに神戸から嫁いできて以来、初恵はここ都下のH市に居を構えて暮らしていた。夫との間に子供はひとり。長女の瑛子《えいこ》は仕事の関係で、十年以上大阪でひとり暮らしをしている。もう三十五にもなるのに、結婚する気配すらない。

（いまの若い子はみんなそうだから。なにも、うちだけじゃない……）

「それじゃあ、また」

「どうも」

（いいわねえ）

あんなふうに、わたしも夫婦そろって夕べの散歩に出かけたかった……、お向かいの岡島さんご夫婦とすれちがったあと、がらがらとカートを押しながら初恵はそう思った。

（うちのうすらハゲには、もう望むべくもないけれどね）

もうこの歳になったのだから、先に多くのことは望んでいない。昔ほど欲しい物もなくなった。ときおり家事の合間の、キッチンでひとりお茶を飲んでいるふっとした瞬間に、なるたけ人様のご迷惑にならないように死にたいとか、葬式の費用だけは残しておきたいとか、そんなことを考えている自分がいる。

そう思っていたのに、いざああいった光景を目の前にすると、あれが欲しいこうなりたいという願望がむくむくと頭をもたげてくるのだった。

（こんな、人生の後半になってねえ…）

と、初恵は自分を笑わずにはいられなかった。欲というものは、若いころ独特の強い感情だと思っていたら、いくつになっても人間についてまわるものらしい。

いまではめずらしくなった引き戸の玄関を上がって、初音はカートを中に引き入れ、買ってきた食料品の袋を引っぱり上げた。ふたり暮らしでこの二階建ての3LDKは広すぎるし、築五十年を越える家の階段は急で、いまでは初恵ですらめったに二階には上がらない。それでも、地価が安定しているうちにここを売って、安くて新しいマンションを買って老後にそなえようという初恵の意見は、持ち家にこだわる久征にはまったくとりあってもらえなかった。

夫は建設会社につとめている。そのせいなのか、自分の家にはことさら強いこだわりがあるらしい。

(まったく。こんな古い家、いいところなんて縁側くらいしかないのに)

夫の頑固は、それに始まったことではなかった。久征はいまで言う昔気質《かたぎ》の人間で、家に帰ってきたときに夕食の準備ができていないと、とたんに機嫌が悪くなる。よけいなおしゃべりをいやがり、初恵が気を遣っていろいろ会社のことを聞いても、「お前は黙ってろ」と一喝されるだけ。いまどき「メシ・風呂・寝る」ですべてすませるなんて、時代錯誤もいいところだと初恵は思う。

「なんであんな人と結婚しちゃったのかしらねえ。おかしいわねえ」

ぶつぶつ独り言をつぶやきながら、初恵はスーパーで買ってきた筋子《すじこ》を醬油《しょうゆ》に浸け込んでタッパーに入れる。

久征は昔から、酒のつまみは醬油漬けの筋子ときまっているのだ。

筋子。

思えば初恵の結婚生活は、この筋子とともにあったといっても過言ではなかった。この筋子を切らして、初恵のお気に入りのティーカップや湯飲みを投げつけられたことも、一度や二度ではない。久征は無口なぶん、怒るときはそうして物にあたることが多いのだ。イクラになる前のオレンジ色のつぶつぶがぎっしりとつながっている様子はグロテスクで、若いころは初恵は気持ちが悪くなってなかなかこれに触ることができなかったものだった。

しかし、さすがに、四十四年間筋子とともにあれば慣れる。慣れはするものの、気持ち悪いのには変わりないので、初恵はひと粒も口にしたことがない。

(もう五時半をまわったから、そろそろかしらね)

圧力式の炊飯器が自己主張を始めてしばらくたったころ、がちゃりと玄関の門扉を開ける音がした。初恵はあわててコンロの火を消すと、前掛けで手を拭《ふ》きながら玄関へ走り寄った。

ガラッと音がして、夫の久征が戻ってきた。

「おかえりなさい」

久征は鞄《かばん》をぐいっと前に押し出すと、誰に向かって言っているのかわからない口調で、うん、と言った。

それから玄関にどっかと座り込み、大型の草食動物のようにゆっくりとした動作で靴を脱ぎはじめる。彼がうつむくと、すっかり寂しくなってしまった枯れた薄野《すすきの》のような頭頂部が見えた。

（あらあらまああ、この人もすっかり寂しくなっちゃったわねえ）

初恵はこの頭を見るたび、いつも指ではじくといい音がしそうだわあ、と思っている。

（でも、どっちかというと『あれ』をするほうがすかっとするわよね。なんたって『あれ』をするために、わたしはへそくりまではたいているんだし）

なので、初恵はいつも指ではじきたい思いをぐっとこらえて、むしゃくしゃするときに、心中でハゲと呼んで罵倒するだけにとどめているのだった。

履き込んで踵《かかと》の擦り減った革靴《かわぐつ》を脱ぐと、久征は初恵のほうを一顧だにしないでリビングの方へ向かった。

「ビール」

「はいはい、ちょっと待ってくださいね」

冷蔵庫を開けながら、初恵は（この人、いつから物の名前しか言えなくなったのかしら）と肩をすくめた。

つまり、万事がこの調子なのだ。

夫婦の心温まる語らいなどあったものではない。

炊きたてのごはんとほうれん草のおひたし、それに東京ではめずらしいサゴチをさっとフライにしたものと穴子のお吸いもの。それらを待っているあいだ、久征は三日前につけた筋子の醤油漬けをさかなに六時のニュースを見ている。

着るものは、初恵が枕元に用意したものだけ。

食べるものも、初恵がテーブルに用意したものだけ。

（ほんと、この人、わたしがいなくなってどうやって生きていく気かしら）

ふと、そんなことを思う。

しかし、心配などついぞしていない。

初恵がいないとなにもできない、それこそが、初恵が久征に対してしくんだ復讐のひとつなのだから。

「ねえ、あなた。おつとめももう来週いっぱいで終わりですわねえ」

初恵は、黙って口を動かしている久征に向かって、そんなふうにしみじみと話しかけた。

最近は、彼は食事をするのにもめっきり時間がかかるようになった。筋子が食べられなくなったら困ると思っているのか、洗面所でも長い時間をかけて歯を磨いている。

(そういえば、若いころは入れ歯になるくらいだったら死ぬ、が口癖だったっけ)

硬い物がとにかく好きな久征にとって、入れ歯になることくらい屈辱的なことはないらしい。

——ばからしい。

最近、とみに夫を見ていて思う。本当に入れ歯になったくらいで死ぬなら、今からその柱でもかじっていればいいのだ。

「おつとめが終わったら、もう朝早く出ていくこともなくなるし。ゆっくりできますわね。なにか考えていることでもおありですか?」

しかし久征はいつものごとく、「うん」か「ふん」かわからない返事をしただけで、一向に会話をつなごうとしない。

初恵はがっかりした。

(ここで、いっしょに旅行にいこうかとでも言ってくれたら、まだかわいげがあるのに)

しかし、この仕事ひと筋の夫にそんなことを求めるのは酷だということも、初恵にはわかっている。

なにせ新婚旅行でさえ、自分が設計部分でかかわったという長野県の黒部ダムだったのだ。いくら自分が都市開発だのダムだの高速道路だのを作っている仕事をしているとはいえ、たまの息抜きの日くらい仕事を忘れてもいいではないかと、初恵はそのときも大いにがっかりした。

でも、そんな我慢もあと少しである。

定年の日。

すべては、この日にかかっているのだ。

一千万抱いて逃亡する。

そして、『あれ』。

「風呂」

そうつぶやくと、久征は膳を下げもしないで風呂場のほうへ歩いていった。

「はいはい」

初恵は風呂場の蓋を上げに、のろのろ歩く久征を追い越して先に風呂場へ入る。

(定年の日に、いつものように玄関で三つ指をついてわたしが待っていると思ったら、大間違いなんですからね)

昼間見た、一千万という貯金額のことを思い出しながら、初恵は内心そうほくそえんだ。

定年の日に、久征にあっと言わせること。

それを実行するために、初恵は十年かけて計画してきたのだから…

きっかけは、ささいなことだったと思う。

それは十年ほど前の、ある春先の日だった。いつもは風邪ひとつ引かない初恵が、風邪をこじらせて肺炎になり、一週間寝込んだことがあった。

入院したほうがいいと勧められ、病院から会社のほうへ電話を入れてそのまま一日だけ入院することにした。

下着の替えもなにも持ってこなかったので、初恵は無理を言って次の日に家に戻らせてもらった。あのなにをするにも初恵まかせの夫が、どうやって家で過ごしているのか心配だったのだ。

贅沢《ぜいたく》なことだったが家までタクシーを使い、重い体を引きずるようにして玄関の引き戸を開けた初恵は、中の様子に呆然としたのだった。

「な……」

家の中は、しっちゃかめっちゃかに荒らされていた。

一瞬、泥棒でも入ったのかと初恵は思った。しかし、よく見るとそれは久征が、自分の下着やシャツの替えなどを探して中身を引っぱり出した跡だということがわかった。

さらによく見ると、庭先の洗濯物は一日経っても外に干しっぱなし。流しには店屋物の食器が無造作につっこまれ、生ゴミを受け止める三角コーナーに、ビールの空き缶まで放りこまれているありさまである。

(この人、ここまでなんにもできない人だったかしら)

たった一日家をあけただけで、よくもまあこうまでぐちゃぐちゃにできるものだ、と初恵はなかば感心した。

すると、しばらくして夫がいつもの時刻に戻ってきた。

初恵は体を起こすのもおっくうで、奥の和室に寝そべって久征が入ってくるのを待っていた。おかえりなさいのひと言は、ここからかけようと思っていた。

しかし、いつまでたっても夫はリビングに現れない。

初恵はどうにか咳《せき》をこらえながら、玄関まで体を引きずるようにして這《は》っていった。そして——

「あなた、なにやってらっしゃるんですか……?」

夫の久征は、なんと靴も脱がずにじっと玄関に座っていたのだ。

彼は、マスクにちゃんちゃんこにアイスノンという初恵の姿にも、なにも思ったそぶりも見せず、ただひと言、

「ビール」

と、言った。

初恵は、一瞬手渡された重い重い革鞄を落としそうになった。

そのときに、わかったのだ。

（ああ、この人は、わたしのことを空気かなにかだと思っているのだ）

そこにいてあたりまえで、家にいてあたりまえで、自分の世話をするのもあたりまえ……。久征にとって初恵はそんな存在でしかなかった。でなければ、肺炎でひーひー言って無理を言って退院をしてきた妻に対して、なにかもっと別の言葉があったはずだ。

（ばかみたいだわ、わたし）

初恵は、無理をおして退院してきて、しっちゃかめっちゃかだった家をどうにか片づけたことを初めて後悔した。

わたしがどんなに病気でしんどい思いをしても、どんなに無理をおしてがんばっていても、所詮この人にはひとつも伝わらない。洗濯物を入れるのもたたむのもわたし、食事を用意するのも、掃除をするのもすべてわたし。この人にとって、洗濯はほうっておいたらわたしが勝手にしてくれるものでしかない。掃除も、食事もみんなそう…だから、あんなふうに玄関でただぼーっと待っていられるのだ。いつでもあたりまえのように、初恵が迎えに出てくるものだと思っているのだ。

（ばかみたい！）

結婚して以来初めて、夫のことを殺したいほど憎いと思った。

初恵は衝動的に離婚届をもらいにいくと、その日のうちに記入し、実印を押した。しかし、悲しいかないつもの主婦のさがで、お天気のいい日には洗濯をしてふとんを干さずにはいられない。

「とえー！　あんのハゲ、ハゲ、うすらハゲ！」

「なにが筋子よ。そんなに好きなら筋子で頭を打って死ね！　いますぐ遺族年金寄こせ！」

そうして、夫のふとんを夫だと思ってふとんたたきではたき回し、夫のパンツを夫の逸物《イチモツ》だと思って全力でしぼったころには、初恵の気持ちはいくらか静まっていた。

冷静に考えても、いますぐ離婚して初恵がまともな暮らしをしていける算段はない。

初恵は五十もすぎたし、いまから職につくことなどとうていできないだろう。老後のためにいくらか蓄えてあるとはいえ、それを全部持って逃げるわけにはいかない。正式に訴訟を起こせば、いくらか分与が認められるかもしれないが、裁判となればよけいな費用がかさんでくる。できることなら、あまりことを荒立てたくはない。

（そうだ、退職金……）

そのとき、初恵は十年後にせまっていた夫の定年のことを思い出した。

（やっぱり、もらえるものはもらっておかなくちゃね）

久征は、会社の数あわせに運良く引っかかったとはいえ、形だけでも部長職にある。それならば、退職金もそこそこの額になるだろう。ここまで連れ添って、それを分与してもらわない手はない。

それよりは、夫の定年の日に照準をあわせて、離婚しても損をしないようじっくりと今後の計画を練るのだ。それがいい。

「やってやるわ！」

初恵は心に決めていた。いままで我慢できたのだ。これから十年くらいどうってことはない。

それから、初恵は久征には内緒でちゃくちゃくと離婚貯金を積み立てていった。

退職金の半額は当然もらえるとして、離婚したあとにもらえる老齢基礎年金は月六万円がせいぜい、これでは毎月暮らしていくのも苦しい。しかし、いろいろ調べてみると、もうすぐ開始される年金分割案成立後の妻がもらえる平均値は十一万五千円の見込みであるという。

もしものときのために、二十八歳から夫婦でかけていた生命保険のこともある。月々の生命保険、それに税金、食費などの生活費に、風呂付きのワンルームの相場家賃を入れても、二十万あれば十分にことたりる計算だ。

（あと一千万……、一千万円あれば……）

初恵は、それを合い言葉のようにして、毎日こつこつと節約を始めた。

十年と少しで一千万をへそくりするなど夢のようだったが、ずっと持ちっぱなしだった東日本ガスの株のことを思いだし、あわてて株券を探した。それから持っていた宝石を処分し、着物ももう着ないからとリメイク店を営んでいる友人に卸したりした。不思議なことに、もうこんな柄時代遅れだろうと思っていたのに、かえってそれがいまではできない加工だったりして高く売れたときは、一千万も夢ではないと奮い立った。

株券や宝石を売ってこしらえたのがほぼ四百万、のこり六百万として月五万のへそくり。月五万も夫の給料から差し引けば、さすがにへそくりがばれてしまう。

「なにか売れるもの……、お金になるものはないかしら」

初恵は二階に上がって、なにか値がつくものはないかと目を皿のようにして探しはじめた。

どうせ、自分はこの家を出ていくのだ。それに、ここになにがしまってあるかも知らない夫のために、なにひとつ残してやる必要はない。

意外にもヒントをくれたのは、父親と同じ道をたどり、京都で町家のリフォームを手がけている娘のひと言だった。

「お母さんさえよかったら、うちにあるちゃぶ台とか欄間とか茶だんすとか古い磨りガラスとか引き取らせてもらうけど。ほら、おかあさんがお嫁に持ってきた古い家具とか、まだきれいじゃない。いま昭和三十年代ブームとかで、こういうものを使って内装をレトロ風にする店が増えてるのよ」

娘の瑛子の会社は、京都の古い家の解体をするかわりに出た廃材を引き取って、内装に生かすということをしているらしい。

かくして、いままで古いだけだと思っていた玄関の真鍮《しんちゅう》の電灯や、階段のてすり、丸型の窓ガラス、欄間にいたるまですべてが取りはずされて、まあたいした額ではないが廃材よりはいい値で売れていった。

もちろん、夫には「瑛子にリフォームを頼みました」とだけ言っておいた。何事にも無関心な夫は、いつものごとく「うん」ですませてしまった。

（いつもそうなのよね。わたしがどこでなにをしていようと、知ったことじゃないような顔をして）

初恵が、お花を習いたいと言い出したときも、「そうか」。健康のためジムに通いたいと言いだしたときも「そうか」。

それはやってもいいってことですかと初恵が聞いても、「何度も言わせるな！」と湯飲みが飛んでくる。もともと口がうまいほうではない久征は、無理矢理しゃべらされることに極端な苦痛を感じるらしい。

だからといって、すぐに物を投げたり暴力にうったえるのは卑怯《ひきょう》だと初恵は思う。こちらは、それに対抗する手段を持っていないのだから。

「まあいいわ。それもこれもあと一週間。一週間……」

あと一週間で、久征との生活も終わる。

本当にあと一週間で、久征との四十四年間にわたる夫婦生活も終わるのだと思うと、初恵は不思議とものさびしいような感慨におそわれた。

どうしても、夫と離婚したいわけではない。

ただ離れてみれば、少しは自分のありがたみというか、存在価値を認めてもらえるかと初恵は思ったのだった。このまま死ぬまで家政婦のように世話をみつづけ、久征が寝たきりになって介護疲れで老いるような余生だけは送りたくない。夫より先に倒れて、だれも満足に介護してくれないまま、他人ばかりが集まった老人ホームで朽ちるだけのお先もごめんだ。

（一週間か……）

（わたしって、幸せだったのかしら）

ふいに、そんなことを思った。

そもそも、幸せっていったいなんなのだろう。

幸せが、まったくなかったわけではなかった。なにも、夫とのコミュニケーションがうまくいっていないからといって、初恵は自分が不幸だなどというつもりはない。

ひとり娘の瑛子は大学を卒業してちゃんとひとりでやっていっているし、久征も自分もこの歳まで大きな病気とは無縁でいられている。

会社でそこそこの地位にいるらしい――しかし企業につとめた経験のない初恵には、部長という職がどこまで偉いのかいまいちピンとこない――久征のおかげで、少しばかり増築したぶんのローンも払い終えた。新鮮な食料品を買うことと、生け花くらいしか贅沢をしてこなかった初恵の手元には、ずいぶんな額の蓄えが残されている（もちろん、あの一千万はそれとはべつだ）。

それが幸せだという人もいるだろう。初恵とて、経済的に苦労せずに生きてこられたのは、とても幸運だったと思う。

けれど、なにか違和感がある。

こんなものではない、まだ足りない、と初恵の心の中に残ったわずかな望みがそう言っている。

こんな人生の終わりになって、こんなできなくなったことが多くなった歳になって、それでもまだ欲しいものがあることに初恵は驚いていた。

（それを手に入れるために、ここまでやってきたのだ）

すべては、定年の日に久征をあっと言わせるために。

「あなた、出かけてきますからね」

その日は土曜日で、久征は朝から新聞を広げてリビングで難しい顔をしながらクロスワードパズルをしていた。

「お夕飯までには戻りますから」

いつものごとく、返事はなかった。

初恵は横目で夫の寝そべっている姿をひとなでると、大きめのカートにタオルとシャツの替えを入れて、駅前のボクシングジムに出かけた。

三年前から健康とあることのために通っているこのジムには、初恵のような歳をとった女性も数多くみかけられる。みなダイエットや健康のために、昨今のブームにのって通いはじめた人たちだった。

ロッカーで着替えていると、いつも土曜日のこの時間にやってくるＯＬさんと顔があった。

「あら、こんにちは。清水さん」

髪の毛をバレッタでひとまとめにして、パンチングスタイルも勇ましい彼女は、土日と夕方にここへ通っているというＯＬの仁科亮子《りょうこ》だ。

「亮子さん、今日は早いわねえ」

「これから、ちょっと出かけるところがあるんですよ。だから先にすませちゃおうって」

たしかに、亮子は見るからに大きなボストンバッグを抱えていた。これからジムでひと汗流したあと、夕方に友人たちとの集まりがあるという。

「それに家にいると、親が結婚しろってうるさくって」

と、どこか痛そうな顔をして彼女は笑った。

「あら、亮子さんなんてまだ三十になっていないでしょう。うちの娘なんか三十五になってもまだよ。いまは関西のほうで好きなことやってるみたい。まあ、年寄りがなにを言ったって、いまの若い人には若い人の生き方があるからねえ」

「うちの親も、清水さんみたいにものわかりよかったらなあ」

ステップマシーンを踏みながら、ふたりはいつものようにそんな他愛もないことをしゃべりあった。

娘とあまりかわらない歳ごろだからか、亮子は初恵にとってあまり気を遣わなくても話せる相手だった。それに彼女としゃべっていると、長いこと電話でしか話していない娘が戻ってきたようで、なんとなく心がほころぶ。

「あたしも清水さんって話しやすいですよ。とてもうちのお母さんより上とは思えない」

ひと汗流して、ロッカールームでスポーツドリンクを飲みながら、亮子はそんなことを言った。

「なんでうちのお母さんって、ああもロリィタ毛嫌いするんだろ」

「ろりーた?」

「って、ああ、ええとね。あのあたしがこの前好きだって言ってたフリフリのお洋服のことです」

と言って、彼女はおもむろにロッカーから、人が入りそうなスポーツバッグを引きずり出した。

「あら、ほんと」

彼女が見せてくれたのは、まるで西洋人形が着ているような昔なつかしい型のワンピースだった。初恵は思わず手をたたいて喜んだ。いまになって、こんな昔のご華族さまが着ていたようなお洋服を見かけるとは思ってもみなかったのだ。

「すごいすごい。まあ、すてきねえ。これ、亮子さんが着るの?」

亮子は少しくすぐったげに肩をすくめ、

「えへっ。こんな歳で気色悪いですかね」

「いいええ、そんなことないわよぉ。たしかにあんまりこういう服を着ている人見かけないけれど、わたしも子供のころはこういうお洋服が着たくて、よく紙に描いたりしたものだから」

もう四十年以上も前になる自分の娘時代を思い出して、初恵は思わず目を細めた。あのころはディオールファッションなどのお金持ちのお嬢さまや奥さま嗜好《しこう》が強まっていて、すっきりとしたカットの髪や、こういった布地をふんだんに使ったものがはやったものだった。

「あいにくうちの母は、こういうの大嫌いで。近所に知られるのが恥ずかしいから、絶対に着て出かけちゃダメだって言うんです。まあ自分でも、変な趣味だとはわかってるんですけど……」

そう言った亮子の声は、だんだんと小さくしぼんでいき、

「心のどこかで思っちゃうんですよ。母親にくらい……、母親だから、わかってほしいって」

「……」

「それって、やっぱりあたしのわがままなんでしょうかね」

うまく言葉を見つけられずに初恵が黙ったままでいると、亮子は急に顔を上げて、壁時計を見て声を上げた。

「あっ、いっけない。そろそろメイクして出ないと！」

シャワーを浴びたばかりの、まだ水気の残っている髪を器用にねじりあげて、亮子はピンだけで髪をセットしていく。その手さばきが、いかにも仕事も若さも充実している女性のようで、初恵はどこか心の中にうらやましさを感じていた。

「じゃあ、清水さん。また」

丸太を抱えるようにしてボストンバッグを抱えて、亮子はロッカールームを出ていこうとした。

「亮子さん」

初恵は、自分でも思いがけなく彼女を呼び止めていた。

「はいっ？」

きょとんとした顔で彼女が振り返る。

「狭いうちでなんだけど、もしよかったら今度うちに遊びにきてくれないかしら？　若い人とお話ししてると、自分まで若返ったみたいで楽しくて」

「あの……。でも、いいんですか」

「いいのよぉ。こんなおばあちゃんでもよかったら、話聞いたげるから」

亮子は、前髪をおろすとずいぶんと若く見える顔をほころばせて、「喜んで」と言った。


「それじゃあ、初恵さんってだんなさんの定年の日に離婚するつもりなんですか？」

それから数日後、清水家の東向きにある縁側には、会社帰りに寄ったらしい、ぱりっとしたいかにもＯＬ風の服装をした亮子がいた。

定時あがりにいつものボクシングジムに来た亮子を、ちょうど鉢合わせた初恵がご飯でも食べていきなさいと誘ったのだった。

今日は、定年前の最後の飲み会とかで、久征の帰りは遅いと聞いている。

縁側で、いまちょうど旬どきのイチゴをつまみながら、ふたりはたわいもない話をした。

初恵は主に聞き手にまわっていたが、亮子と話していると娘といるというよりはほかの女友達と話をしているようで、心の中でしぼんでいたなにかが活気づくのを感じる。

最近は、ご近所のお友達と集まることも少なくなったし、電話もめったにしなくなった。週に一度お花のおけいこにいくときぐらいしかコミュニケーションを持たなかった。

こうしていると、女ってやっぱりしゃべる生き物なんだわ、と初恵はしみじみ思う。自分の歳の半分しかない子と話していても、いつのまにか〝女〟という同じラインに立って向かい合うことができるのだから。

「それでね初恵さん。友達はみんな、いい機会だから別府くんとつきあってみて、もし彼がロリィタ嫌いでも、そこはあきらめずに脱ロリィタしたらって言うんですけど」

そのときの話題は、亮子が最近会社の後輩に交際を申し込まれたことに及んでいた。なんでも、彼はどうやら亮子の趣味（ロリィタというらしい）が苦手らしいのだが、二十九歳で結婚を意識している亮子は、趣味よりも恋人をとるべきかどうか悩んでいるというのだった。

「ちゃんと、おつきあいをする前に、その……亮子さんのご趣味のことを相手の方に話したら？」

「それはそうなんですけど、もしかしたらそれで引かれちゃわないかなって」

「まあ、そんなことでいやになる人となんて、結婚したらたいへんよ」

なにせ、初恵の言葉には意固地な夫と暮らしてきた四十四年の重みがある。亮子は素直にうなずいた。

「ですよねえ。そんなケツの穴の小さい男だったら、結婚どころじゃないですよねえ。それもわかるんです。妻がフリフリ着ているくらいでグダグダ言うような相手と、そんなこれから先一生なんて暮らしていけないって」

亮子は言いにくそうに、でも、とつないだ。

「でも……、正直あたし疲れちゃったんです。ロリィタはたしかに楽しいけれど、そういつまでも長く続けていける趣味じゃない。あたしだって、さすがに目元にシワが何本もできる歳になってまでロリィタ服着ようとは思いませんし。そしたら、いまがちょうど卒業のしどきなんじゃないかって」

「卒業……」

「趣味を卒業っていうのも、変なんですけどね」

亮子はイチゴのヘタをつまむと、そのままぽいっと口の中に放り込んだ。いまではほとんどの季節で食べられるようになったイチゴだが、それでも本来の旬の五月のものがいちばんおいしいと初恵は思う。

「あたしの悪いくせなんです。やる前にあれこれ悩んで心配して、もしかしたらこうかもしれないああかもしれないって悪い予測にがんじがらめになっちゃうのって。

もし、別府君にロリィタのことを言ってふられたら？　そしてそこから会社にあたしがロリィタやってることが知られて、笑いものになったら……？　良くないことだってわかってるんですけど、……ようするに〝いま〟より下に落ちるのがいやなんです。いまより悪い状況にはなりたくない。いまより下になるんだったら、いまのままがいい。

――だから、いつまでたっても動けない」

はあ、と甘い息を吐く。

「だめですよねえこんなんじゃ。はー、やっぱり家を出るべきかなあ。そうしたら、最低限、いまみたいなコソコソした生活からも抜け出せるし」

「おうちを出てみるのもひとつの方法かもしれないわよ」

赤く染まった手をぬぐうためのおしぼりを渡しながら、初恵は亮子にそうささやいた。

「我慢するのと耐えるのとは違うんだから」

「はあ……」

亮子は、初めて聞いた言葉のように初恵の言ったことを復唱した。

「我慢と、耐えるのは、違う……かあ」

「あのね、こんなこと言うと年寄りの愚痴になっちゃうかもしれないけれど、我慢するのはとても大事、でも耐えるのはしんどいだけ。わたしはねえ、そんなふうに思うのよ」

そう、初恵は言った。ふたりは縁側から部屋の中へ移動して、冷たいお茶を飲んだ。庭先から縁側をへて部屋に上がってくるむっとした草いきれが、もうすぐそこまで夏が来ていることをうかがわせている。

「初恵さんは、だんなさんに我慢できなくなったから離婚するんですか?」

「我慢できなくなったからじゃないわねえ。我慢ならいくらでもするつもりだったの。でも、これ以上ひとりで耐えるのが辛くてね。耐えてることって、たいていだれにも気づいてもらえないから辛いんだわね……」

言いながら、初恵は四十四年間の結婚生活をしみじみと振り返っていた。

耐えたといっても、四十四年間まったく喧嘩《けんか》しなかったわけではない。むしろ、初恵が自分からはなにも動かない久征に対して不満を申し出たことは多かった。

だが、元々無口で弁の立つタイプではない久征は、初恵に口で言い負かされそうになるとすぐにカッとなって物を投げてくるのだ。

こつこつと集めていた和食器や、マイセンのティーカップをいくつ台無しにされたことだろう。初恵は、久征が物にあたるのを見ているのがなによりもいやだった。それらを大事にしていたからではない。力任せに投げつけられ壊される物たちが、まるで自分のように思えてならなかったのだ。

「わたしも悪かったのよねえ。実際、わたしは夫がいないと生きていけない。収入がないんですもの。毎日ご飯が食べられて、着る物にも寝るところにも不自由しないでいられるのなら、多少の暴力や不満は我慢するべきだって、ずっとそう思っていた。でもわたしは我慢しすぎちゃったのよ、亮子さん。いまさら夫に言ったところで、本当にいまさらになってしまったの。

本当は〝我慢〟が〝耐える〟にまでいかないうちに、言うべきだったのよね。相手の心の中に用意があるうちにね……」

それも、もうあと一週間で終わる。

初恵は、思った。

あともう少しで、久征は初恵のありがたさを身をもって知るだろう。

いつまでも、三つ指ついて初恵が玄関で待っていると思ったら大間違いなのだ。

「でも、初恵さんは、だんなさんと別れてどうするの？」

と、亮子が言った。

「なにかしたいこととかあるの？　それとも……」

「したいことなんて、『あれ』をする以外特にないのよ」

初恵は苦笑いした。

「ただわたしは、夫に空気みたいに思われてるのがいやなだけで、夫の世話をするのがいやなわけじゃないの。だから、あの人が頭を下げて『すまん、悪かった』って言ってくるのを待ちたいだけなんだと思う。それでも言ってこなかったら、そのときはそのときでちゃんと生活していこうと思いますよ。娘がもしこの先結婚して子供ができたら、子供を産みに帰ってくる場所が必要だしねえ」

そう言って、亮子のほうに体ごと向き直った。

「それに、夫への復讐のために通いはじめたボクシングジムで、こうして亮子さんとお友達になれたんですものね。これからは、もっと自分の世界を広げていこうと思ってるの。すてきな奥さんにはなれなかったけれど、いまふうの自立したすてきなおばあちゃんにはなりたいわ」

「そっか……」

どうも場がしんみりしてしまったので、初恵は話題を変えようとたんすのいちばん上の引き出しからぶあつい帳面を取り出した。

「そうそう。亮子さん見てくださる。これがわたしの老後の計画なの」

そこには、初恵が十年かけて調べ尽くした、協議離婚から調停、財産分与、別居をはじめたとしたらかかる費用などが、細かいパターン別にシミュレートされていた。いわく、このあたりでトイレ付き風呂共同のアパートは、初恵の歳で借りられるのか。保証人にはだれをたて、初期費用にどれくらいかかるのか。そして、年金が実際に入ってくるまでの収入はどれで補うのか……

「うわ、すごい計算……」

ノートにびっしりと書き込まれた離婚計画に、さすがの亮子も目をまるくしたようだった。

「そうか、来年から年金って離婚した奥さんももらえるんですよね。たしかニュースでそんなこと言ってたわ」

「お友達が家庭裁判所の調停員をやっていてね。それでいろいろ聞いてみたの。そうしたら無計画なままの離婚はお互いに不幸になるだけだっていうから、ね。もちろんあの人のことも考えてますよ。この預金額なら、当面の間は家政婦さんでもやとえば十分でしょ」

「へええ、もう住むところまで決めてるんだ。この近所なんですね。って、えっ、お風呂が共同!?」

「そんなのへっちゃらよ。トイレがあるだけマシですよ。一階だと防犯が心許ないけれど、こんなおばあちゃんには階段をのぼらなくていい分楽だしねえ」

「でも、こんな値段であるんだ。そうか、アパートかあ」

亮子はなにごとかを考えているようで、ふっと目を泳がせた。

「あたしも、思い切って家を出ようかな。すこしキツくなるけど、その分好きに暮らせるんだったらそのほうがいいかも……」

そのとき、亮子のバッグの中で音楽が鳴りはじめた。どうやら携帯の着信音らしい。

「あれっ、このナンバーって……、なんでいまごろ」

亮子は律儀に初恵にことわってから電話に出た。

「もしもし、ホントに鵜月？　どうしたの。あたしに電話くれるなんて、会社でなんか不都合でもあった？」

初恵に話すのとは違う、いかにもさっぱりとした口調だった。どうやら、会社の後輩から電話がかかってきたようだ。

イチゴのヘタばかりが残った皿を流しに下げようと立ち上がると、後ろで亮子がすっとんきょうな声を上げた。

「ええっ、〝ビルの屋上で不条理を叫ぶ〟って、あれマジで応募したの⁉」

しばらく問答になっていたようだが、亮子はいまここで長電話はできないと無理矢理切ったらしい。少し疲れた顔でのろのろと初恵を振り返った。

「……こ、後輩が、テレビに出ろって」

「ええっ」

亮子は、座敷用の足の短いテーブルの上にがばっと顔をふせた。

「自分の会社の屋上から言いたいほうだい叫んじゃおうっていう素人のコーナーがあるんです。そこに、後輩が冗談で応募したらあたっちゃったらしくって。で、会社のオッケーも出たから、なんかやってくれって。ひとつの課につきひとりなんだそうです……」

「あら、それ見たことあるわよ。サングラスの人がやってるお昼の番組でしょ？」

亮子は白い顔をしてうなずいた。

「どうしよう……」

「あの屋上から叫ぶやつに、亮子さんが出るの？」

「そうみたいです。なんであたしが……」

「断れないの？」

彼女はふるふると首を横に振った。

「……例の、交際を申し込んだ相手が、返事を聞くために先に叫ぶそうです。で、それに答えろって」

「あらまあ」

初恵は、たまに昼間につけっぱなしにしているときに流れていた、その〝ビルの屋上で不条理を叫ぶ〟というコーナーのことを思い浮かべた。たしかに、あんなふうに夫の悪口を叫べたらすかっとするかしらと思ったこともある。

ふと、妙案が浮かんだ。

「ねえ、それってこんなふうにできないかしら」

いま思いついたばかりのその提案を、初恵は耳打ちでもするように小声で言った。亮子の顔が、なにを言っているんだと言わんばかりに引きつる。

「そ、そんなの絶対無理ですよ！」

と、叫んだ亮子だったが、すぐに口元に拳をあてて、

「あ、でもそういうときだからこそ、どさくさにカミングアウトしちゃうって手もあるか。うーん、でも、ううう一ん……」

そのまま石のように黙りこくってしまった。すると、まるでそれを見計らっていたかのように、玄関のほうで久征の帰ってきた音がする。

「あ、あたし。そろそろおいとましますね」

亮子はそそくさと立ち上がった。ちょうど玄関で久征が靴を脱いでいるときに、亮子がネズミのようにその横をすり抜ける。

「またいらしてね。亮子さん」

「はい、それじゃあ、おじゃましました」

亮子の姿が角を曲がって見えなくなったのを確認してから初恵が家に戻ると、いつものようにいつものごとく、久征が玄関に立ちつくしていた。

(靴を脱いだなら、さっさと上がったらいいのに)

それもいつものことなので、初恵はなにも言わず黙って鞄を受け取った。お風呂もう入ってますよ、と背広のジャケットをハンガーにつるしながら言う。

「……おい」

その呼びかけがあまりに小さい声だったので、初恵は自分が呼ばれているとは気づかな

かった。

「おい！」

「えっ、なんですか」

久征は顔の真ん中にすべてを寄せたような顔をして言った。

「さっきの人はなんだ」

「ああ、ジムで知り合ったご近所の娘さんです」

その答えが意外だったのか、久征は不審そうな目つきをした。初恵は笑って言ってやった。

「あら、わたしにだって若いお友達くらいいるんですよ。あなたはご存じなかったでしょうけどね」

久征はむうっとした顔を一時停止させて、それからいきなり床に置いてあった鞄を初恵に向かって投げつけた。

「ぎゃっ」

初恵は、とっさのことに鞄を受け取ることができず、玄関に尻餅をついてしまった。

「な、なにするんですか！」

「知らん！」

「知らんじゃないでしょう。あなたがなさったんでしょう。どうしてこんな乱暴なことをするの。なにか言いたいことがあったら言えばいいでしょう、口があるんだから！」

返事はなかった。

バン、と久征は乱暴に障子戸を開けた。それから、初恵に向かって、ハンガーを投げつけた。そのハンガーは初恵には当たらず、茶だんすに当たって大きく跳ね返った。

初恵は叫んだ。

「やめてください。物を投げないでください！」

どうして物にあたるんだろう、と初恵は悲しく思った。

ゆっくりでも、言えばいいのだ。初恵はなにもすべてを否定しようとは思っていないのだから。

なのに、久征はすべてを拒絶する。初恵との会話や、初恵との気持ちの交流や、初恵との生活すべてを。

会話がないから、もちろん気持ちも伝わらない。

何十年もいっしょにいれば、なにも言わなくてもわかるなんて、そんなのは嘘だ。だれが言いだしたのかわからないが、そんなものは言い伝えとか、迷信のようなものにすぎない。

夫婦は完全ではない。

何年やったって、他人は他人なのだ。

（そう、他人）

その証拠に、初恵と久征はもうすぐ別れる。

久征はなにも言わないまま、黙って風呂場のほうへ歩いていった。

その変わりない背中を見ながら、初恵はどうやっても夫はもう変われないのだということを思い知っていた。

もし久征がその気なら、いつでも気づくことはできたはずだった。

だんだんと片づいていく身の回りの物、ひとつずつなくなっている茶碗や食器。すっかり開かずの間と化している二階に上がれば、初恵が最低限の衣類だけを段ボール箱に詰めていることだってわかったはずだ。

それに気づかないのは、はっきりいって久征のせいでしかなかった。彼は、いままで家庭のこと、家のことはすべて初恵に押しつけて、まったく顧みようとしなかった。自分のやることじゃない、自分の仕事じゃないと、勝手に自分で決めて、それにかかわるすべてのことを放棄してしまっていたのだ。

それは役割分担ではない、ただの怠慢だ。

夫婦ならば、預けることはあっても放棄することはしてはいけないはずだ。ましてや、彼は四十四年もの間それをしてきたのである。

（もうすぐ、それを思い知るわ）

ハンガーをぶつけられてへこんだ茶だんすや、前に同じようにハンガーを投げられて割れたままになっているそのガラス戸を眺めながら、初恵はぐっとかみしめた。

今度は、久征が投げられる番なのだ。

なんの価値もない物のように、ぽいと投げ捨てられ、ぶつかって痛い思いをすればいい。

（いつまでもそんなんだから、ばちがあたったのよ！）

風呂場から水音が聞こえてきた。どうやら久征は、さっさと風呂に入ってしまったらしかった。

投げつけられた拍子にばらばらに散らばった鞄の中身を拾い集めながら、初恵はふと、さっき亮子にかかってきた電話のことを思い出した。

「そういえば、亮子さんはあのテレビのこと、どうするんだろう」

彼女もまた、なにかを告白することを悩んでいるようだった。

『そういうときだからこそ、どさくさにカミングアウトしちゃうって手もあるか』

（カミングアウト……）

カミングアウトとは、いままでずっと秘密にしてきたことを打ち明けたり、告白したりすることをいうらしい。

（じゃあ、わたしにとってのカミングアウトは、『あれ』だわ）

この十年間、初恵にはずっと言えないいまま心の中に秘めてきたことがあった。

それは、あの日に計画した復讐だった。十年前、久征の定年の日にただ金を持って出ていくだけではない、『あれ』をしてから出ようと心に決めたのだ。

『あれ』をする。

久征に、『あれ』をする。

『あれ』をしないと出ていけない。それはいままで空気のように扱われ、物のように投げつけられてきた初恵の、考えられるかぎりの華麗な復讐だった。

その久征の定年までは、あと五日。その日に、十年かけてきた初恵の計画のすべてが決するのである。

亮子が、交際を申し込んできた別府にカミングアウトするか否か。

そして、自分が久征に復讐できるか否か。

（絶対に、復讐してやる）

――すべては、五日後にせまっていた。

カミングアウト！

――神話のその先。

——自分を好きになりなさい。

それは、いつだったか、学校の先生がさちみたちクラスメイトに向かって言った言葉だった。

さちみは、ずっと思っていた。

「どうやって？」

まず、それがわからない。どうやって、自分を好きになったらいいのかわからない。

だから、必死で自分のいいところを探してみる。

そりゃあ、自分のことを好きになりたいと思う。自分には魅力があると思いたい。たったひとつでもいい、だれかに勝るものがあったらいいと思う。

でも、見つからない。自分のいいところが見つからないから、なかなか自分を好きになれない。

(だから、だれか好きになってほしい。わたしを)

いつのまにか、さちみはそんなふうに強く願うようになっていた。

自分に向けられる好意だったらなんでもよかった。男女のつきあいには、純粋に好きという気持ちのほかにも不純物がたくさん混ざっていて、そこから生まれる「好き」や「愛してる」の言葉に、汚れみたいなものを感じる。

それでもいい。

男の子の性欲の中に愛情が混じっているなら、そのほんのちょっぴりでもかまわない。

自分を見てほしい。

ほめられたい。

そうすれば、自分を好きになれるような気がする。

(ママのことを、好きじゃなくても)

——いつのまにか、大事にしてもらえるなら、見かけだけでいいと思うようになった。

実際、援助交際の相手たちがさちみに送る数々の賞賛だけが、さちみに日々の自信を与えていた。

『きれいだよ』

『かわいいよ』

『君は、すてきだ』

見かけだけ、口だけだとわかっていても、人間とはこんなにもそれにすがってしまうものなのだと思った。

（でも）

さちみはふと、不安になる。たしかに若いうちは、若いってだけでちやほやしてもらえる。二十代もまだ大丈夫だろう。

（それでも、これから先は……？）

援助交際できるのも、高校生の看板しょってるうちだけ、そんな友人の言葉が頭に貼《は》り付いてはなれない。

この先が怖い。

自分が、三十代、四十代になるのが怖い。

ママみたいになるのが、怖い。

ママみたいにつまらない人間になったら、だれも自分を好きになってくれないに決まっている。そうしたら、また自分を好きになれない。

このまま家にいて、ママの言うとおりにしていたら、わたしはいつかママになってしまう。ママみたいにパパにさえも見返られないまま、歳をとってしわくちゃに醜くなっていってしまうのだろう。

それが、怖い。

ママのようにはなりたくない。だから家を出ないと。ママがつけた名前を消さないと。そして、いまとはまったく違った自分を作り出すのだ。明るく、快活で魅力的な自分を新しく作るのだ（なぜなら、さちみの中には魅力的な部分はないのだから、新しく作るしかない）。

——だけど、この人はそうじゃないって言う。

さちみは、いま狭い警察署のパイプ椅子に、小さくなって座っている井原を見た。

『——俺が、彼女を好きで悪いか！』

たしかに、そう彼は言った。

（どうして……？）

さちみはいぶかしんだ。

（わたし、ずっとこの人の前ではどろどろで、綺麗なんかじゃなかったのに）

初めて会ったときは、化粧すらしていなかった。泣きはらした目に、石の上で寝て泥のついた服、そして靴を履いていなくて真っ黒になった足……

いつものように、コインロッカーのクローゼットで衣装を選んだりはしなかった。メイクも男の好みにあわせなかったし、セックスもしなかった。

なのに、どうしてだろう。

どうして、こんなことを言うんだろう。

唐突に。

「あのねえ、いまさらどんないいわけしたって、おかしいものはおかしいんだからね。じゃあ、おうちのほうに電話を入れさせてもらうからね」

そう言って、ふたりを補導した警官はめんどうくさそうにさちみの自宅に電話をかけはじめた。

「だれも出ないみたいだから、お母さんかお父さんの携帯の電話番号教えてくれる？」

それは、言葉こそお願いしているが、ほとんど命令口調だった。仕方なく、さちみは警官に母親の番号を教えた。

外出していたらしい母親は、この近くにいるらしかった。すぐにこちらに向かうとのことで、警官ははやばやと電話を切った。

母親を待っている間、警官の事情聴取が始まった。

「さて、おたくらのことについてうかがいますがね。知り合ったのはいつ？　どうやって知り合ったの。ネットの出会い系？」

「だから、援助交際なんかじゃありません」

はなからふたりの関係を援助交際と決めつけている尋ね方だった。

「あのね、いまさらそんな言い逃れ……」

「わたし、自分を好きになりたかったんです」

主導権を握られるのがいやで、さちみは相手の言葉をさえぎって話しはじめた。案の定、警官はぽかんと口を開いた。

「は……?」

「自分を好きになる方法を探してたんです。ママみたいな大人になりたくなかったから、ママみたいにはならないでおこうって、派手に自分を作って…夜遊びしてました。男の人と遊んだりもしました。大学生との会合《ミーツ》にも出てたし、クラブにだってしょっちゅう行ってた。ちやほやされたかった。褒められたら…、注目されたら、自分がマシな人間だと思えてくるから。

じっとしていられなかった。家にいてもママみたいになるだけだと思ったら、そこにはいられなかった。言うとおりになんてできなかった。だから遊んで、だれか自分を見てくれる人がいないか探してた。でも、お金を盗《と》られて……」

口の中に唾《つば》がたまるまで少し待った。舌がいくぶんなめらかに動くようになると、さちみは再び話し出した。

「そんなふうに世の中を馬鹿にしてたしっぺ返しをくらって、罰を受けて、怖くなって逃げ出しました。死んでしまおうかって思った。こんなふうに、いつまでも自分に自信がないまま、つまらない人間のまま、だんだん二十歳が近づいてくる。こんなまま、大人になんかなれない。

死んでしまおうかと思って、でも死んだらどうなるかがわからなくて、たまたま立ち寄ったお寺で夜を明かして、だれもいないお墓を見たら無性に確かめたくなって……、それで……」

「この子は、靴を履いていなかったんです」

と、さちみをかばうように、井原が話し出した。

「調べていただければわかりますが、この子のいたお寺に、僕が墓を買おうとしていたんです。たまたま自分の墓地を見にいったら、この子がいたんです」

警官のうさんくさそうな表情は変わっていなかったが、井原はかまわず続けた。

「急いで逃げ出してきたんでしょう。この子は靴を履いていなかった、お金も一銭も持っていなかったので、僕が靴を買ってやりました。もちろん、そのお金は後日返してもらいましたよ。それがきっかけで――」

「それがきっかけで、この子とそういう関係を持ったんでしょう」

デスクにペンの頭をこんこんと打ちつけながら、その警官はやっぱりという顔をした。

「つまり、あんたは恩着せがましく迫ったってわけだ。いまの子によくあるんですよ、借りを作るくらいだったら寝て返すっていうね」

「そんな。あんたなんてことを言うんだ！」

井原はデスクを強くなぐった。

「僕らはそんなことしちゃいない。本当に、彼女の相談に乗っていただけなんだ」

「でも、あんたはさっきこの子のことが好きだとか言っていたじゃないか。どのみちあんたのほうはそういう目で見てたってことだろう」

うぐ、と井原は返す言葉がなく黙りこんだ。目の下あたりがうっすらと赤くなっている。

（本気なんだ……）

と、さちみは思った。

（この人、本気でわたしのことが好きなんだ）

なぜ、いつのまに井原が自分に好意を寄せるようになったのか、さちみにはまったく見当がつかなかった。井原にはみっともないところばかり見られてしまった。靴を履いていなかったり、ぐしゃぐしゃの泥まみれだったり、母親とのことを聞いてもらったり、援交をしていたときのように、妙にべたべたと甘えることもしなかった、むしろいつもだったらひた隠しにしていた部分ばかりを見せてきたのに……

（いったい、わたしのどこが好きなんだろう）

さちみは、井原にそれを聞いてみたくなった。さちみですらわからなかったなにかがあるのだろうか、それとも井原もまた、さちみの若さに惹《ひ》かれているだけか。

「わたしのこと、好きなの？」

うつむいてじっと膝《ひざ》を見ていた井原が、びくっとなった。

彼はゆっくり顔を上げ、歯をかみしめながら言った。

「……うん」

「どこが好きなの」

さちみは勢いよく井原の顔をのぞきこんだ。

「ねえ、わたし、ずっと探してた。人から好きになってもらえる方法。だけど、みんなうまくいかなかった。同級生の男の子たちはセックスがしたかっただけだし、オヤジたちは若いってだけで満足してた。でも井原さんは違うんだね。どうしてなの」

「リンゴちゃん……」

「──どこが好きなの」

彼はふいっと視線をはずして、さちみを見ようとはしなくなった。さちみはもっと彼に近づいた。

「話してよ！」

「……神話のさ、話を、しただろ……」

胸のつかえをこらえるように、そう言って井原は話し出した。

「長い間そう信じられてきたのに、だれもその由来を知らない、本当のことを知らない。

そんな神話があるって、きみは言ってた」

さちみはうなずいた。

たしかに、そんな話をした。

彼は、結婚を意識した女たちが強要してくる家庭のことを、女の人が好きそうな綺麗な箱に押しこめられるようだ、と言っていた。

「僕は、ずっと女の人が怖かったって、話したよね。綺麗な箱を押しつけてくるって。きみは、家に戻るとちょうどそんな感じがするって言っていた。母親が作った箱に、体を無理矢理曲げて押しこまれそうになるんだって、そう言ってた」

「言ったわ」

「同じだったんだ」

彼の言葉は、きつく閉めた蛇口から水が落ちてくるように、ぽつりぽつりと、さちみの上にしたたり落ちた。

それは、元は骨だったものが長い時間をかけて水になったような――

「同じ？」

「同じだった。きみが母親との間に神話を感じていたように、僕は女の人たちに押しつけられる神話を感じていた。男はいつも男らしく強く、経済的に豊かであれと、それがまともな男なんだという神話だ。

長い間、だれにも言えなかったんだ。だってそうだろ。女の人が怖いなんて、格好が悪い。男らしくないってばかにされるに決まってる。だからずっと言えなかった。ただ靄《もや》のようにあって、言葉にもできなかった。言葉も知らなかった。それを、きみが教えてくれた」

いいや、と井原は急いで否定した。

「いいや、そうじゃない。そうかもしれないけれど、……もうずっと前に、好きだったんだ。あの灰色の墓場で、きみだけが生きているようで」

さちみは息を吸った。

そして、止めた。

そのまま永遠に息が止まってしまうような気がした。

「ごめんね」

と、彼は言った。

「こんなこと言って、気持ち悪いだろ。僕はこんなおじさんだし……きみみたいな若い子といたら援交だって間違われてもしかたがない。自分でもみっともないと思ってるんだ。恥ずかしいし、なんでこんなことにって思ってる。本当は言うつもりなかったんだ。ずっと、言わずに黙っていようと思ったのに……、なんで……」

最後のほうは、ほとんど泣き声に近かった。井原はいたたまれずに顔を両手で覆った。

『だれにも言わずに黙っていようと思ったのに』

だれにも――、だれでも心の中に、だれにも言えない秘密を抱えてる。

それは、ほかでもないさちみの中にもある。

ずっとずっと、だれにも見せられず見られたくなくて体中で抱えこんできた……

(わたしは、いまこそそれを言うべきじゃないのか)

さちみは、だれかに言葉の杭《くい》を打たれたように強くそう思った。

いまなら言えるんじゃないのか。

もう、箱の中で体を折り曲げなくてもいいように、

もう、足下をすくう靄に目がくらまなくてもいいように、

自分と、母親の間に死体のように横たわる神話を終わらせるために、いま、それを口にするべきなんじゃないのか。

そのとき、ガラッと引き戸が開く音がして、さちみは振り返った。

「幸実……っ！」

「ママ……」

そこに、息せき切ったという様子の母親、史緒が立っていた。

まだ、電話してから二十分と経っていない。どうしてこんなに早くここへ来られたのか、さちみが軽く混乱していると、史緒はデスクから立ち上がった警官に向かって深々と頭を下げた。

「ご、ご迷惑をおかけしまして、申し訳ありません！」

「まあまあお母さん、ずいぶんお早かったですね」

このすぐ近くまで出ていたらしい史緒は、白の麻ジャケットに黒の七分カットのパンツ、首に二重にパールのネックレスをして、バーキンに似た形の赤革のバッグを腕に持っていた。

（本当にママ……？）

さちみは、まるく目を瞠《みは》った。パールが涙のようにじゃらじゃらとぶらさがった金のブレスレットも、半アップにしている髪型も、およそ、いつも家で見る冴えない母親とは思えない。

史緒は頭を上げるなり、さちみのほうを見て、どうして、と息をもらした。

「幸実、あなたいったいなにを――」

「ママ」

さちみは立ち上がって、史緒が言おうとする先をさえぎった。

「わたし、ママにずっと言いたかったことがあるの」

母親と子供の間には、だれが作ったのかわからない神話がある。

母親は、子供をいちばんに愛している。

子供は、母親に愛されている。

家族はみんながみんなを思いやり、血の絆《きずな》はなにものにも替え難いものである——


(そんなのは、みんな嘘だ)

いまなら、さちみにははっきりとわかる。

それは、まさに神話だった。親が子をなによりも替え難く思っているなんて、家族がみんなを思いやり、仲がいいのが正しいなんて、そんなのはただの幻想にすぎない。

だけど、人々はそれらを信じている。そして、ずっと目に見えないなにかに強要されている。親は子を愛していて、つかず離れずずっとそばにいて守ってくれて、どんな喜びよりも、他人によってもたらされるどんなものよりも幸福であると。親と子の絆は永遠で、なにごとにも替え難いものだと——

いったい、だれが最初に言いはじめたのだろう。

（もう、わたしはそんなものには惑わされない！）

さちみはもう一度、胸の奥の奥の奥まで、心まで満たされるように深く息を吸った。

いま、この場で終わらせるのだ。

わたしと、ママを苦しめ続けた神話を。その正体をあばいて、吐き出すのだ。言えなかったあのひと言を言うのだ。

さちみは、はっきりと史緒を見つめ、そして言った。

「ママ、——わたし、ママが嫌い」

目の前で、史緒が射抜かれたように息をのんだ。

＊＊＊

バッグの中に入れていた携帯がかすかに震えたのは、史緒がネットで知り合った男との待ち合わせのために、ちょうど渋谷に着いたころだった。

「えっ、警察⁉」

史緒は、思わず携帯を落としそうになった。かかってきた見覚えのない電話番号に出てみると、なんと相手は警察だという。

「はい、はい、すぐそちらに行きます！」

頭が真っ白になりながら、それでもすぐに行ってどういうことか確かめなくてはならないと史緒は無我夢中で走った。幸いにも、幸実が保護されているという警察署まではそこからたいして距離はなかった。

（どうして幸実が、援助交際なんて……）

頭の中で、ニュースでやっていた現代高校生が夜の街で遊びほうける映像と、最近外泊が目立つようになった娘のことがかさなった。

（まさか、まさか本当に……）

悪い予感ばかりが頭の中を駆けめぐり、いてもたってもいられなかった。史緒はほとんどミュールを引きずりながら走った。不思議なことに、男と待ち合わせしたことなど、すっかり忘れてしまっていた。

息せき切ってやってきた史緒を待っていたのは、見知らぬ中年の男と、いやに落ち着き払った幸実のひと言だった。

「わたし、ママが嫌い」

警察署でそう言われてからその後、史緒は自分がなんといってその場をあとにしたかまったく覚えていなかった。ただ、幸実の援交相手という男を残して、とりあえず娘を家につれて帰るように警官に言われ、言われるままに頭を下げ、駅へ向かった。

どこをどう歩いたのか、自分でもよくわからなかった。ただ、この短時間の間に起こったさまざまなことが、まるでメリーゴーラウンドの中心に立っているように、めまぐるしくぐるぐる回った。

『抱いてください』

『だんなさんとだけセックスしたいわけじゃないでしょう？』

『わたしは、あなたのお母さんじゃないわ!!』

『わたし、ママが嫌い』

心の中に、まっすぐ縦に空洞があいたようだった。

渋谷の駅までも、そしてそこから家に帰るまでの電車の中でも、史緒は幸実とまったく話をしなかった。ただ史緒の頭の中には、唐突に「ママが嫌い」と言われたことだけが、出口がない水のようにうずまいていた。

駅を降りて、最寄りの連絡駅まで歩いているときのことだった。街灯の下のぽつんとした灯をふんで、幸実が言った。

「ママ」

史緒は息を止めた。

だった。

「ママ、さっきの、わたしのわがままだから」

ついに、史緒は立ち止まった。燃料が切れて動かなくなってしまった機械のような動作

幸実がさらに言った。

「ママが嫌いっていったの、わたしのわがままだから」

「幸実……」

「わたしね、ずっとママに対して罪悪感があったみたい」

史緒は、街灯の下に浮かび上がる、普段とはまったく違った娘の顔に見入っていた。

「罪悪感……？」

「ママはわたしをいっしょうけんめい育ててくれたのに、わたしはママを好きになれなかったから」

そう言って、幸実は顔を上げた。

「中学くらいのころからかな。家に帰るのがいやになったの。服とか、勉強のこととか、いちいちママの許可がいるのが我慢できなかった。家の中のインテリアと同じように、ママが自分の理想どおりにわたしたちをしつけようとしているのがわかって、ぜったいにいやだと思った。そのとおりにはできなかった。だって、わたしからみたらママはちっとも完璧じゃなかった。綺麗でもすごくもなかった」

「……」

史緒はなにも言えなかった。

ママはちっとも完璧じゃない。そう娘にはっきりと言われたことが、そうなりたいと努力しているつもりだった史緒をとてつもなく惨《みじ》めにさせた。

「だから、ママのことを嫌いでいてもしかたがないんだって思った。だって、ママはわたしから見ても冴えなくて、パパに依存して生きてるただの主婦だったんだもの。そんな大人にはなりたくない、だからわたしはママを嫌いになってもいいんだって」

（やめて！）

史緒は、ただ、娘の口から吐き出される凶器のような言葉に耐えていた。

（夫に、依存してるだけ）

それが自分でも痛いほどによくわかっている。

わかっているからこそ、こうして石つぶてのように投げられる言葉になにも反論できない。

（わかってたわ。わかってた。だから、変わろうと思ったのよ。変わりたいと、そう決心したのよ！）

でも、それは勝手じゃないのか。と史緒は怒りにも似た感情を覚える。

ほかでもない、幸実のために母親になったのに、いまこうして年ごろになった娘は、そんなベタくさい主婦なんかよりも自立している女のほうが尊敬できる、愛せる、と言ってくる。

じゃあ、わたしがずっと探し求め近づこうと努力していた理想の母親とは、いったいなんだったんだろうか。毎朝早く起きて弁当を作り、家の中を清潔にして、夫の給料だけで学費やその他さまざまな経費をやりくりし……

それではだめだったんだろうか。

どうして、だめなのだろうか。

みんなそうだと言っていた。だれかはわからないけど世間が、みんな、それが正しいと言っていたじゃない！

「でも、わたし、ママは正しかったと思う」

ふいに飛びこんできた娘の言葉に、史緒はのろのろと顔を上げた。

「わたし、ママが冴えないから嫌いになったんじゃないの。そんなのは、ただのいいわけだった」

幸実は、うつむいて涙をこらえている史緒の顔をのぞきこんだ。娘の顔をこんなに近くで見たのはひさしぶりで、史緒はドキリとした。

「ママが、合わないの。ただそれだけなの」

しんとした空気に、水の匂いが混じっている。その重くたれこめた中に史緒と幸実はいた。
「ママとは近くにいられないの。近くにいたら傷つけあってしまうの。そういう人ってい
るでしょう。クラスとか、友人の中に、たまに会うのはいいけれど、ずっといっしょにい
たら疲れてしまう人っているでしょう。わたしとママがたぶんそれ。
わたし、ずっとママに悪いって思ってた。わたしのこと心配していろいろ言ってくれる
のに、うっとうしい、うるさいって思ってしまうのがいやだった。だから、ママの娘じゃ
ないわたしになろうとしてた。ハンドルネームや、服やメイクを使い分けて、別人になり
たかった。理由なんてわからなかった。でも、いまはわかる……！」
蛍光灯の青白い光の中にいるにもかかわらず、彼女の頰は赤く高潮していた。
「ママとわたしは親子だから、無条件でお互いを思いやったり愛しあったりしないといけ
ないって思ってたから。そういう決まりが世の中にあったから、わたしはママのこと嫌い
ってずっと言えなかった。でもいまはあえて言いたいの。
わたしはね、ずっと、ママの子供をやめたかったんだよ……！」
だって、そうでしょう、と幸実はどこか怒ったように言った。
「わたしはママを、ほかの人が言うようにあたりまえに好きになれない。たしかにママの
子供なのに、実の母親のことを愛せない。そうよ、おかしいのはわたし。変なのは、間違
ってるのはわたし……

毎日毎日、わけのわからない不安で頭がいっぱいで、破裂しそうだった。

——でもね、そうじゃないんだって井原さんが教えてくれたの」

「井原さん……？」

「さっき、交番でいっしょにいた人」

史緒は、あっと小さく声をあげた。嫌いだと言われたショックで、いまのいままで幸実とあの男の関係を聞いていなかったのだ。

「あの人と、援交なんてしてないよ」

と、幸実は史緒に先んじて言った。

「本当に……？　で、でもどうして、どうやってあんなおじさんと……」

「お墓で会ったの」

「お墓……？」

「うん。ねえ帰りながら話そ。人がきたから」

史緒は振り返った。その道は、乗り換えをする人々が使う道だったので、電車が着くとどっと人が降りてくるのだった。

駅から駅への短い連絡道、それから電車の中で、史緒は幸実とその中年男性が出会ったいきさつを聞いた。

それは、不思議な話だった。

「あの人ね、自分のお墓を買いにきてたの」

幸実の話では、先月の末に幸実が無断で外泊をし、そのまま学校まで休んだ日に、ふたりはその墓地で初めて出会ったのだということだった。

「井原さんは、女の人が怖くていままで結婚しなかったんだって言ってた。それって変でしょ。フツー、男の人のこと怖いって思うのはわたしたちのほうだよね。でもね、神話があって……」

「神話？」

「うん。わたしたちは、だれが決めたのかわからない綺麗事やルールを無言のうちに強要されてるんだって。男が強くて経済力があって、いわゆる男らしいって言われることを女の人から強要される……、それが神話」

「だれが決めたのか、わからないルール」

史緒は、幸実の言葉をそのまま繰り返した。

「わたしが、家族とはわかりあっていてほかのだれよりも特別でないといけないって思っていたことも、それも神話だって井原さんが教えてくれた。あの人はね、わたしと同じ神話に苦しんでた。だから、いっしょにいて気持ち悪かったりとか、違和感を覚えたりとかすることはなかった。それに気づかなすぎて、ふつうにいすぎて援交と間違われただけ」

史緒は、不思議な異国の言葉でも聞くように、幸実の言うことを聞いていた。

（神話……）

無意識のうちに、心臓の上に手をあててみる。史緒はそこに向かって問いかけていた。

（もしかして、わたしもその神話を知っている……？）

「それを聞いたとき、なんだか胸の中にあった大きな異物が消えてなくなったみたいに、すっとしたんだ。だから、わたしとママはこれでいいんだって、間違ってないんだってわかった。家族だからっていって、べたべたしたり必要以上に仲良かったりするのが正しいわけじゃない。わたしがママといっしょにいられなくても、それはわたしが間違ってるからじゃない……」

最寄り駅のホームに降り立った幸実は、史緒のほうを振り向いて言った。

「ゴメンね、ママ。すごく好きになれなくて」

「………っ」

それは、どんな非難よりも痛烈なひと言だった。

「ママの子育てが間違ったわけじゃないと思う。ママはうまくやってた。パートにも行かずにパパの給料から全部やりくりしてたよね。ママはいいママだと思う。ただ、わたしとは近くにはいられないだけで……」

ぷしゅうっと音を立てて電車のドアが閉まる。そのガラスに水滴がついていることで、史緒はいま雨が降っていることに気づいた。

そういえば、夕方ごろここを通ったときにはすでに空気は、水の匂いがしていた。

はやばやと無人になった改札を通り抜ける。史緒の少し先を歩いていた幸実が、ふいに声を上げた。

「パパ⁉」

史緒は顔を上げた。

「あなた……」

驚いたことに、そこには夫の公敏が傘二本を持って立っていた。

公敏は、どこかばつが悪そうに傘を握りしめながら（なんと、まだ背広のままだった）、

「雨が降るってニュースで言ってて……、それで、きみは傘を持っていかなかったから……」

それから、ぼんやりと顔を曇らせて言った。

「でも、どうして幸実といっしょに？」

幸実はなにか両親の間の微妙な空気を察したのか、素早く公敏の手から傘をひったくると、すぐに開いて雨を受け止めた。

「ねえ、わたし、先に戻ってるから」

「えっ、あっ、幸実⁉」

小さな娘の背中は、あっというまに押し寄せてくる夜の闇にまぎれて見えなくなった。

史緒は、改めて公敏のほうを見た。

正直、家を出てから幸実のことや彼女の思わぬ告白など、いろいろなショックがありすぎて、公敏の顔を平常心で見られる自信がなかった。

遠くで、さっき史緒たちが降りた電車のための踏切が鳴っている。

公敏が、傘を差した。

「幸実とは、偶然会ったのかい」

史緒は黙って首を振った。

「じゃあ、いったいどうして」

「あの子、警察に事情を聞かれていて……」

史緒は、警察署であったことをかいつまんで公敏に聞かせた。幸実が中年の男といっしょにいたことも、相談に乗ってもらっているのを援助交際と間違われてしまったということも。

その流れに乗じて、史緒は決定的なことを口にした。

「そのまま幸実とふたりで戻ってきました」

「そうか」

「だから、会ってません」

公敏はゆっくりと史緒のほうを向いた。その顔には、驚きと困惑と、そしてそれ以上になにかをかみしめるような表情があった。

「……そうか」

公敏は、かける言葉に迷っているような顔で、もう一度そうか、と短く言った。

ふたりが黙り込んでしまうと、あたりには雨の音しかしなくなった。改札口にある切符売り場の屋根を出て、公敏は手のひらを上に向けた。

彼の手は、すぐに雨にぬれた。

「……きみが戻ってくるのを、ずっと待とうと思ったんだよ」

えっ、と史緒は顔を上げた。公敏はしどろもどろながら言葉をつないだ。

「きみに、あの……、ああいうことを言われてから、少し考えたんだ」

「あなた……」

「たしかに、僕たちは長いこと、して……なかったよね」

なんのことを言われているかわかって、史緒は気まずくて下唇をかんだ。すると、公敏が傘を差し出した。

「一本しかないから、いっしょに帰ろう」

史緒は、うながされるままにうなずいた。

雨は、ぱらぱらと乾いた砂のような音をたてた。いつもより濃い闇と、水と得体の知れない夜の匂いが充満する道を、史緒は公敏とふたりでゆっくり歩いた。

こんなふうに寄り添いながら歩いたのは何年ぶりだろう、と史緒は思った。いっしょに住んでいるのに、そういえば最近体にすら触ったこともない。

ひとつの安物のビニール傘の中に入ると、肩がときどき触れあった。

「きみが出ていってから、ずっと、いつから僕たちはしなくなったのか思い出していたんだ。そしたら、思い出した。ちょうど裕太が生まれたころだった。きっかけになったのは、すごくささいなことだったんだ。きみが疲れて寝ていたのを見て、毛布をかけてあげようと近寄ったら、きみからミルクの匂いがしてね」

少しだけ、彼は笑った。

「それが、とても濃くてもわっとしていて、近づくなと言われている気がしたんだ。そのときだったと思う。きみが、違うものになってしまったと思ったのは」

史緒は夫の顔を見ようと横を向いた。同じ傘の中に寄り添っているからか、公敏の顔はすぐそこにあった。

「男って、すごく勝手な生き物なんだ。僕は子供が生まれてきみが子供のことしか言わなくなったのを見て、きみに勝手に失望したんだよ。そしたら、そういう気力も失せてしまった。そんなこと、きみが悪いわけじゃないことはわかってるんだ。でも勝手なんだよ……」

公敏が先に自分を出してくれたので、史緒もいくぶんしゃべりやすい雰囲気になっていた。彼女は思いきって話し出した。

「インターネットで、知りあったんです」

公敏は、うん、と言った。

「でも福岡の人だって聞いていたから、会おうなんて思いませんでした。わたし、幸実や裕太が親離れしていくのを感じていて、すごく怖かった。自分がなにものかわからなくなっていたんです。

わたし、あなたと結婚してあなたの奥さんになりました。それから、母親になりました。そこまではすごく順調だった。なのに、そこから先はなんになればいいのか、なにになってしまうのか、だれも教えてくれなかった」

彼女は、自分で自分をぎゅっとかき抱いた。

「幸実が、わたしのことを冴えない女だと言っていました。そのことを、わたし自身もわかっていたんです。あなたがわたしを求めてこないのも、わたしに女としての魅力がもうないからだと思って、愕然《がくぜん》としました。子供たちからはもう母親なんていらないと言われたのに、あなたからも拒絶されて、どうしていいのかわからなかっ……」

「ち、違うよ、それは違う！」

公敏はあわてて史緒のほうを向き直った。

「あのときは……、本当に急で、びっくりしただけなんだ。あのね、あんまりにも急すぎると、用意ができないんだ。わかる……だろ……？」

「あ……」

史緒はおずおずとうなずいた。

「だから、きみを拒絶したわけじゃない。むしろ準備ができないのを知られたくなかったんだ。本当にそれだけなんだ。僕は僕で、きみに役立たずだって思われたんじゃないかと思って、ひやひやしてた。もう長いこと自分でもやってなかったし……、その……」

と、公敏は笑ってごまかした。

「きみが出ていってから、そんなことを悶々と考えてね」

雨の音がしなくなったのに気づいた公敏が、傘を横にやって手のひらを前に差し出した。

彼は傘を閉じて、傘にまとわりついた水滴を振りはらった。

不思議と、雨が上がってほしくなかったと感じている自分がいた。

（もう少しくらい、傘の中でもよかったのに……）

「本当は、きみのことが心配で、もしかしたら不倫……してるんじゃないかって、気が気でなかったんだ。だから、今日も早退して帰ってきた。でも、聞けなかった。いったいどんなヤツに会うんだっていてもたってもいられなくて、こっそりきみが使っていたパソコンを開けたりもした。パスワードがわからなくて、中を見られなかったけどね。それくらいきみが警戒しているのを知って、きっと僕には言えないいろんなことをしていたんじゃないかって、カーッと頭に血がのぼった。

ビールを飲んで、ふと数日前にきみが僕に求めてきたことを思いだした。それで思ったんだ。もしきみが浮気相手とよろしくやっていたのなら、僕にあんなことを言うはずがない。きみの愛情がまだ僕にあるとわかって、そうしたらまたいてもたってもいられなくなった。でも、どこへ行ったのかわからない。携帯に電話しようか、でもどうしようかじっと番号だけを見つめて悶々としてた。ほら、あれだよ。初めてきみの家に電話をかけるときみたいだった。きみのおとうさんが出たらどうしようって」

なつかしいことを言われて、史緒はちょっと笑った。そうだった、昔は携帯電話なんかなかったから、男の人から電話がかかってきたというだけで家中は大騒動だった。

「八時にかけるって約束したのに、きみは出てくれなかった」

「違いますよ。あのときはたまたま父が帰ってきて、一瞬早く電話をとられてしまったんです。わたしはいまかいまかって台所で待ちかまえていたのに」

ふたりは顔を見あわせると、同時にぷっと吹き出した。

こんなふうに、昔のことを話すのも久しぶりだった。

「そう……、それできみに電話もできなくて、まとまりがつかなくて、どうしていいのかわからなくなったときに、これを見つけたんだ」

公敏はそう言って、背広のポケットの中からなにかを取り出した。

「あ……」

史緒は驚いて立ち止まった。

公敏の手の中にあったのは、あの史緒が段ボール箱の中から見つけた野球のボールだった。

「まだ、こんなものが残ってたんだね」

彼は手の中でボールを転がしながら言った。

「そのときに、頭で考えるな！　ってだれかに命令されたような気がして、家を飛び出したんだ。もうきみには追いつけないだろうけれど、ここでじっとしているよりはずっといいって思ってね。そしたら、急に雨が降ってきた。傘を持って駅で待っているときに、昔を思い出したよ。新婚のときは、きみによく傘を持ってきてもらっただろ」

「そう、だったわね……」

次々に掘り起こされるなつかしい思い出に、いままでこわばっていた心がふっとゆるんだ。

「きみが、帰ってきてくれてよかったよ」

公敏は、そう言って黄ばんだボールを史緒に手渡した。

（あっ！）

一瞬だけ、手が触れたところから、しびれのようなものが伝わってくるのを史緒は感じた。

（そうだ。初めて会ったときも、そうだった）

史緒は、いつになく真摯《しんし》な顔をしている公敏をじっと見つめた。

いつだったか、目がくらむような夏の日の光の中で、野球場の高い金網を越えて飛んできた白球……。あのとき、初めて公敏に触れられたときも、電流が走ったようなしびれを感じたのだった。

とたんに、押さえきれない重苦しいものがわき上がってきて、史緒は公敏の手をとった。

「えっ、あ……」

気恥ずかしさよりも、わけのわからない激情のほうが勝った。史緒は自分から体を寄せて、公敏の荒れて白い線の入った唇に自分の唇を押しあてた。公敏の手から、ビニール傘が離れて地面に倒れた。

目を開けると、目の下を赤くして困惑した顔の公敏が見えた。

「あなたを、抱いてもいいですか？」

「え……」

手の中で、握った公敏の手がゆっくりと汗ばんでいく。

（神話）

史緒はさっきまで幸実が話していた、その不思議な言葉のことを思い出した。

いままで史緒もまた、だれが決めたのかわからない幻想にとらわれていた。子供との距離、理想の家庭、それから夫との性生活のこと……

いい母親でいることと、

それから、セックスをしたいこと。

それらを、史緒はずっと相反するものだと思っていた。年老いて、もう若くもないのにセックスを求めることはみっともないことだと思っていた。

けれど、そうではない。

(もう、だれが言い出したのかわからない神話に振りまわされるのはやめるんだ)

いつだって、目の前にあるのは現実だ。神話が終われば、次は現実が待っているのだから。

そしてわたしは、現実を歩き出す。

「あなたが好きだから、あなたを抱きたいんです」

史緒は、夫の手を強く握った。

公敏は、はじめ面食らったような顔をしていたが、やがて小さくうつむいてつぶやいた。

「うん」

——抱いてください、と彼は言った。

そんな夫を、史緒は初めてかわいいと思った。

* * *

次の朝、史緒はいつもどおり家族のだれよりも早く起きて、やはりいつもどおり朝ご飯のしたくを始めた。

部活の朝練がある長男の裕太がはやばやと起きてきて、炊きたてでまだ十分に蒸らしていないご飯を三杯も詰めこんで、あっという間に家を出ていく。

ちょうどそのころ、長女の幸実の部屋から違うベルの音の三重奏が聞こえはじめ、史緒の七時半よ！　の声にしぶしぶと部屋から顔を出す。

それから、幸実は洗面所へ直行する。髪の毛をうまくまとめようと、幸実は一度髪を水で濡《ぬ》らそうとするのだ。そのせいで毎朝洗面所の床は水浸しだった。

「ちょっとおねえちゃん、また――」

幸実を叱ろうとして、史緒ははっと気づいた。

（わたし、あんなに自分がお母さんって言われるのがいやだったのに）

なのに、幸実のことはおねえちゃんと呼んでいる。

「幸実」

史緒は水の入った霧吹きを彼女のすぐ横に置いた。

「なにこれ」

「それでやったら制服もぬれないですむから」

「あっ、そうか」

幸実はべつだん文句を言うこともなく、ボリュームの出る髪に勢いよく霧吹きを吹きかけた。

(そういえばいつも叱るばっかりで、この子がどうしてそれをするのか考えてあげたこともなかったわ……。この子には、この子の理由があったはずなのに)

玄関で、幸実はいつものように学校指定の革靴に足をつっこみ、さっと軽快な動作で鞄《かばん》をすくいあげた。それから、おもむろに史緒のほうを振り返って、

「ママ、あの格好、似合ってたよ」

「え……」

彼女は、照れているのかことさら仏頂面を作って言った。

「いつも、あーゆーふうにすればいいのに」

それから、行ってきます、と久しぶりに声をかけて出ていった。

史緒は、しばらくその場にぽかんと立ちつくしていた。

(あの子……)

突然変化したいつもの朝に、史緒は軽いとまどいと飛び上がってはしゃぎたいほどの喜

びを感じた。

「おはよう」

史緒はあわてて振り返った。

リビングの入り口にかかっているのれんをくぐって、パジャマ姿の公敏がのっそりと歩いてくるのが見えた。今日は月に一度ある大阪への出張の日なので、公敏はいつもよりゆっくりとした朝だ。

どきん、と胸が自己主張した。

『あなたを抱きたいんです』

史緒は、かあっと自分の顔が赤くなるのを知った。あんなふうに直接的なことを、よくも自分のほうから口にできたと思う。

それでも、それを伝えることにもうためらいはなかった。自分のもてあましていた性欲が恥ずかしいものではないことを知ったし、それを公敏に知ってもらうことはうれしかった。

もっとも、だからこそ十数年ぶりに、こんなふうなこそばゆい朝を迎えることになったのだけれど……

（昨日のこと、どう思っているかしら）

台所に戻って洗い物をしつつ、史緒は朝刊を広げている公敏のほうをそっと盗み見た。

彼は、大根の浅漬けに箸《はし》を向けつつ朝刊を広げ、やはりいつものように昨夜の野球の結果をチェックしていた。巨人がひさしぶりに勝ったことを知って、「そうだよ、やっぱり新人を育てなきゃあ！」などとひとり言をつぶやいている。

いつもと、別段変わった様子はないように見える。

けれど、変わったこともあった。

「史緒、コーヒー入ってる？」

史緒は、思わず聞き間違えたのかと思って、流しの水を止めた。

『史緒』

昔、親しくなりはじめたばかりのころ、公敏にそう呼び捨てにされるのが好きだった。なにもかもが、もう一度新しく始められるような気がした。まるで、あのときに飛んできたボールが、もう一度弧を描いて手の中に戻ってきたように……

「ちょっとゴミを出してきますね」

史緒はこみあげてくる照れくささを隠すように、ゴミの詰まった袋を持って収集所へ向かった。

朝のこの時間、三軒先にあるゴミの収集所は、近所の主婦たちのちょっとした寄り合い所になっている。今日もお隣の奥さんと仲の良いはす向かいの奥さんたちのグループが、エプロン姿のまま立ち話に興じていた。

「あら、近藤さん」

ひとりが史緒に気づくと、ほかの三人もいっせいにこちらを向く。

「お、おはようございます……」

「ねえねえ、近藤さんは知ってる？　向こうの筋の佐藤さんっておうちがねえ――」

いつもゴミを置いたらすぐに家に戻ろうと思っているものの、ここでそんなことをしては〝近藤さんのところの奥さんは愛想がない〟ということになってしまう。

もともと近所づきあいの苦手な史緒だったが、ゴミ出しのときぐらいは適度に話に加わるようにしているのだった。

そのとき、「おはよーございまーす」と声をかけながら、両手にゴミを持って突進してくる姿があった。

（あら、仁科さんのところの上の娘さんだわ）

お向かいの家のゴミ係であるらしい彼女は、いつもそうして出勤途中にゴミを棄《す》てにきている。

「あら、亮子ちゃん、おはよう」

「おはようございます！」

白の襟の大きなシャツにスエードのタイトスカートをはいた仁科亮子は、いかにもいまふうのOLといった感じで目にも好ましかった。一度も就職もせずに家庭に入った史緒などは、彼女を見かけるたびに、もし公敏と結婚しなかったら、自分も彼女のように仕事をしながら気ままに独身生活を満喫していたのだろうか、とうらやましく思ったものだった。

その日、彼女は右肩に人ひとり入りそうな大きなボストンバッグを抱えていた。ああ、今日はアフター5にテニスにでも行くのだろうと史緒が思っていたとき、

「ああっ」

いきなり亮子は前につんのめったかと思うと、手にしていたゴミごと勢いよく道路の上に滑りこんだ。

「あ――」

その拍子に、肩にかかっていたボストンバッグがふっとんだ。ばりっと大きな音がして、なんと中に入っていたものが吐き出される。

史緒の足下にも、なにか白いものがとんできた。史緒はあわててそれを拾い上げた。

(これは……、つけ襟?)

「あああっ」

彼女は真っ青な顔で起きあがると、おたおたと散らばったものを拾いはじめた。まかれた物の中にはヒールのないサンダルや、造花のようなものもあったが、その中でもいちば

ん目を引いたのはフリルのたくさんついた白いワンピースだった。

（テニスの服じゃ、ない……⁉）

「す、すみません！」

亮子はなかばひったくるように史緒からつけ襟のようなもの——史緒はヘッドドレスというものを知らなかった——を受け取ると、ファスナーが壊れたらしいボストンバッグにつっこんで、ばたばたと走っていってしまった。

史緒が呆然と立ちつくしていると、お隣の吉田さんの奥さんが声をひそめて言った。

「そういえば、仁科さんちの亮子ちゃんって、いっつも子供みたいな服を着ているんですってね」

「子供みたいな服……？」

「ほら、さっきのフリフリしたよーなやつよ」

ほかの主婦が、非難めいた口調で話題に続く。

「たまに池袋とかで、ああいうお人形みたいな服着ている子、見かけるわあ」

「え、だって、あの子もう三十でしょ⁉」

「仁科さんところの奥さんもなにも言わないのかしら。自分の娘がいい歳してお嫁にも行かずに、実家にいるなんてねえ。それもあんな服着てるなんて」

「いまどきの若い人って、勝手よねえ。自分さえよければいいのよ」

「そうそう」

と、さっきまではまったく別のことを話していたのに、いまはお向かいの娘さんを非難することに集中している。

史緒は内心あきれた。

「三十にもなってまだ家にいて、自分は好きなことして……。あそこの奥さんはなにも言わないのかしら」

「あそこの下の娘さんも、まだ家にいるそうよ。ちゃんと働いていないみたい」

「まああ、そーなの。親が甘いとそうなるものねえ。自分勝手っていうか自分本位っていうか……」

(そうだろうか)

と、史緒はその輪からはずれるタイミングを計りながら思った。

たしかにさっきボストンバッグの中身を見るまでは、史緒もまた彼女たちと同じような意見だった。亮子のことを、結婚もせず、いつまでも家に寄生しながら自分勝手に生きているとばかり思っていた。

(でも、彼女、あんなに焦って困っているふうだった。あれは、隠していたことだからじゃないの……?)

史緒は、滑った拍子にボストンバッグの中身をぶちまけてしまったときの、あの亮子のばつの悪そうな――そしてなによりも絶望的に真っ青になった顔を思い浮かべてみた。
いつもぱりっとしたシャツにヒール靴を履いて歩く彼女に、嫉妬に似た感情を抱いたこともあった。仕事を持っているゆえに結婚という終着点にすがらなくてもいい自立した女――

でも、それは本当だっただろうか。史緒が勝手に想像して作りあげた、ただのまやかしでしかなかったのではないだろうか。

人は、だれでも心の中に秘密を抱えている。きっと亮子もそうなのかもしれない。だって史緒はこの近所で、亮子があんな服を着ているところを一度も見たことがなかったのだから。

(あんなふうに持って歩いているということは、きっと家でも内緒にしているのかもしれない。それはどんなに苦しいだろう。家族に秘密を持つということは、楽なことではないはずだ)

ふと、家にまだ公敏がいたことを思い出して、史緒はまだおしゃべりをやめようとはしない主婦連中に向かってあいさつをした。

「すいません。洗濯の途中ですので」

「ああ、近藤さん。また」

主婦たちは、ちらっと史緒のほうを見ただけで、すぐに亮子についての話題に戻ってしまう。

輪からはずれたとたん、史緒のことを話しているのかもしれない。チラリとそう思ったが、それもどうでもいいような気になった。

きっと、史緒や幸実が振りまわされていた神話は、あのような輪の中で不自然に生まれたものなのだろう。

それが、人の口を渡り歩いているうちに、いつのまにかひとり歩きして一人前の存在感を持つようになるのだ。たしかに人の口によって伝えられてきたものには、それなりの力があるのかもしれない。けれど、中にはくだらないものも多くある。

（でも神話は、いつか終わるわ）

そして、どんな神話であっても現実へと続いているものなのだ。ならば、いまは前へ行くだけだ。そう史緒は強く思った。

「ただいま、公敏さん」

史緒は、雨上がりの朝そのままのすがすがしい気分で、公敏の待つ自分の家へと戻っていった。

その日、築十五年を越えるその家の後ろに広がる空は、白球を吸い込みそうな青い空だった。

＊＊＊

それは、いまだかつて経験したことのないほどのピンチだった。

揺れる電車のてすりにしがみついていた。

（最悪）

リョウコはファスナーが壊れたボストンを抱きかかえるようにして、揺れる電車のてすりにしがみついていた。

もはや、電車が揺れているのか、自分が震えているのかよくわからなかった。ただわかったことは、家に帰るころにはご近所の奥様方の目の前でロリィタ服をぶちまけ、リョウコの密かな趣味を露呈してしまったことが、あの母親の知るところになっているだろうということだった。

（最悪、最悪、最悪。よりによってあのオバハンどもの前でこけるなんて！）

いまごろあの主婦どもは、仁科さんちの上のお嬢さんはあんなお人形服を着る趣味がおありなのねえ、などと噂《うわさ》しあっているだろう。そして、そこへなにも知らないリョウコの母が朝のおしゃべりの仲間に入れてもらおうとやってくる。彼女はその主婦たちから意味ありげな嘲笑《ちょうしょう》とともに、リョウコのしでかしたことを告げられるというわけだ。

恥をかかされたと怒り狂う母の姿が目に浮かぶようで、リョウコは頭を抱えるのを通り越して真っ青になった。

（ど、ど、どうしよう。もう家に帰れないよー！）

今日の出勤時にロリィタ服を持って出たのには、あるわけがあった。今日のお昼休みに、例の〝ビルの屋上で不条理を叫ぶ〟の番組収録があるのだ。

ボクシングジムで知り合った初恵さんの提案で、リョウコはそこでロリィタであることをカミングアウトしようと思っていた。

後輩の鵜月エリ菜によると、交際を申し込んだ別府啓太が、番組の収録中にリョウコに向かってビルの上から告白するという。

さんざん悩んだ末、リョウコはロリィタ服を着て屋上に立つことを決心した。たしかに、いまさらロリィタであることをカミングアウトするためには、これくらいの勢いが必要だとそのときは思ったのだ。

しかし――

（無理、ぜったいに無理だって!!）

よく考えてみれば、あのロリィタを嫌っている母親が、お昼の高視聴率番組でリョウコが醜態をさらすことを許すはずがない。屋上からロリィタ姿で叫ぼうものなら、即刻荷物をまとめて家から出ていけと言うに決まっている。

（やっぱ、やめよう！）

電車から降りるころには、リョウコは今日のカミングアウト劇に加わらないことを決心していた。

なかば、会社の面子《メンツ》にはバレてもいいと思っていた。おそらく鵜月エリ菜は同類だろうし、直属の上司である井原も、そういうことでリョウコを鼻つまみ者にしたりしない寛容な人間だった。屋上から叫べば、そのときはやんやの喝采でリョウコを迎えてくれるだろう。いいかげん家と会社の両方での猫かぶり生活に疲れ果てていたリョウコにとって、会社と啓太両方に一度にカミングアウトできる場としてのこの機会は、最後のチャンスでもあった。

けれど、今朝ゴミ出しに行く際に近所のオバハンどもの前でロリィタ服をぶちまけてしまってから、急にその決心がしぼんだ。

（そうよ、なんで気づかなかったんだろう。お母さんを怒らせたら家に入れてもらえないっていうのに。ああ、やめたやめた。カミングアウトなんてどうせできっこないんだ。ケータが告《コク》ってきたら、ふつうにOKを言うだけにしよう。ロリィタであることは、これからも隠していこう。そうするのが無難なんだ。あたしみたいな平凡な人間には、そーゆーのがお似合いなんだ）

会社に着くと、どこもかしこも今日の収録のことで浮き足立っているようで、業務中だというのにヒソヒソと私語をかわす姿がそこかしこで見られた。リョウコは、あえてその輪に加わらないよう、黙々と仕事をこなしていた。そもそもロリィタをカミングアウトすることは、エリ菜は知らないはずなのである。だから、本当に啓太が告白してきたとしても、そのときは「OKですー」と返すだけで十分なはずだ。

（ロリィタは着ない。絶対に！）

午前の業務を終えるチャイムが、狭い管理課のフロアにも上と同様に鳴り響いた。

素早く廊下に飛び出した池上雪子が、やはり素早く戻ってきて言った。

「もうヤマトテレビさん来てるみたいですよ！　すっごい機材の量！」

「いよいよですね、リョウちゃん先輩」

エリ菜が意味ありげな顔でリョウコの脇を肘でつついた。

「ね、わたしたちもう上でスタンバってたほうがよくありません？」

「ええっ」

「ね、上いきましょうよ先輩。テレビカメラとか見たいじゃないですかー」

なかばエリ菜に引きずられるようにして、リョウコはテレビのスタッフたちが陣取っているらしい上のフロアに向かった。営業二課の前の廊下は、すごい人だかりだった。カメラが入っているとはいえ、いくらなんでもこれはないんじゃないかと思われるほどだった。

「ね、ねえこれって、大丈夫なの……」

リョウコが体を横にしながら、なんとか廊下を進もうとしていたとき、

「ねー、エリ菜！　ちょと聞いた、あんたんとこの課長！」

と、真っ赤な顔をした営業課の女子がリョウコたちのいるほうへ駆け寄ってきた。エリ菜の友人らしいその子は、興奮を隠しきれないといった様子で、大声で言った。

「うちの課長って…、井原さんのこと？」

「そう、その井原課長よ！」

エリ菜が怪訝《けげん》そうに顔を寄せた。

「課長が、どうかしたの？」

「さっき、社長の部屋に呼ばれたのよ。女子高生と援助交際したんだって」

「えええっ!?」

エリ菜とリョウコは、ほぼ同時に驚きの声を上げた。

「うそ!?」

「嘘じゃないわよ。警察から連絡が入ったんだって、それでいま社長に呼ばれてる。こんなことになって上はテレビどころじゃなさそうよ」

「あの課長にかぎって……、信じられない……」

と、リョウコは左手で口を押さえた。リョウコたちの直属の上司である井原臣司は、やる気があるのかないのかわからないようなぼーっとした印象の持ち主で、社内でも特に目立った存在とはいえなかった。彼の話題が人の口に上ることがあっても、それは彼がいまだに独身ゆえに、実はホモなんじゃないのかとか、最近買ったマンションに男の愛人を住まわせているんじゃないのかとかいうレベルの噂にすぎなかったのだ。

(その課長が、援交……)

一見そんなふうなことをやるようには見えない。しかし、リョウコは最近情報通の池上雪子から、課長が妙におしゃれになったから、女か若い男でもできたんじゃないのか、という情報を仕入れてはいた。

「へーえ、課長ってホモじゃなかったんだ」

と、エリ菜は身も蓋もないことを言った。

「で、やっぱクビなの?」

「じゃない? だって逮捕はされてないらしいんだけど、はっきりシロとはいえないみたいだし」

「もともと、ぱっとする人じゃなかったしね」

「でもいい人だったのになー。いろいろうるさいこと言わないし、楽だったのに。あーん、かちょーやめんのヤダよー」

すっかりふたりの間では、井原がクビになることは決定しているようである。

「ああ、だからこの人だかりなんだ。これってみんな社長室を盗み聞きしてるわけ?」

リョウコの言葉に、エリ菜の友人はうなずいた。

「そーなんです。テレビ局のカメラは屋上と下の駐車場に行ったみたいだし、そのうち構内放送がかかって、みんな駐車場に出ろって言われるはずですよ」

「ふーん、じゃあそろそろみんなそっちに移動しないと、あれって生なんでしょ。失敗できないじゃな──」

そのとき、ざわついていた廊下に、妙に甲高い声が響き渡った。

「井原さん、いる⁉」

リョウコは、その声がしたほうを振り返った。リョウコだけではない、その場にいただれもが、いま渦中の人の名前を呼んだ人間を探して、一斉に振り向いた。

「なに、あの子……」

なんと、そこにブレザー姿の女子高生が仁王立ちしていた。

髪を自然に流し、よく電車の車内で見かける私立のブレザー姿に身を包んだその少女は、興味なさそうにリョウコたちを一瞥《いちべつ》した。

「ねえ、井原さん、そこにいるの。そこって社長室？」

言うが早いか、彼女はあっけにとられているほかの大人たちを尻目に、ずんずんと廊下を割って歩いていった。

「ちょ、ちょっと、あなた……」

いち早く我に返った総務課のだれかが、彼女を引き留めようと声をかけた。

「あなたいったい、なにしにここへ来て――」

少女は、そんな言葉などまったく聞いていなかった。やや乱暴に社長室の扉をノックすると、入ってもいいという声を待たないまま、その扉を押し開けた。

「あ――」

リョウコは唖然として、その思いもかけない侵入者のことを眺めていた。

部屋の中から、副社長の悲鳴に近い声が聞こえた。

「な、なんだねきみは、ノックもせずに……」

「近藤幸実、十七歳、高校二年生」

副社長の糾弾にもひるんだ様子も見せず、その女子高生はそうきっぱりと言い放った。

「言っとくけど、わたしと井原さんは援交なんてしてませんから」

だれもがはっきりと声に出しては言えなかったことを、その少女はずばり口にした。

「あれは警察が勝手に誤解して言っていただけだし……。だから……だから井原さんが、援交をしたから会社をクビになったりすることはぜったいにおかしい！」

「リン…幸実ちゃん！」

相当驚いていたらしい井原が、彼女の元に叫びながら駆け寄った。

「わたしと井原さんは、そんなつきあいの仕方をしてたわけじゃない。ただいっしょに喫茶店に行って、お互いに好きなものとか悩みとか、そんな話をしてただけじゃない。それをどうしてわかってくれないの。どうして大人は――」

「幸実ちゃん、いいんだ。もういいから」

「よくないでしょ！」

幸実、と呼ばれた少女は井原に向かって一喝した。

「どうしてちゃんと言わないの。この人たち、女子高生と中年のおじさんがいっしょにいたら百パーセント援交だって決めつけてかかってるんだよ？　いい歳した大人がそんな頭のかたいことでいいわけ。ちょっとそこのあんたたち、ちゃんと聞いてるの。そこのあんたらよ！」

いきなり、幸実は振り向くと、今度は社長室を取り巻いていたギャラリーに向かって吠え立てた。

「どうしてそんなふうに、だれが決めたのかわかんない常識に従ってるのよ。あんたたちは、そーゆー世の中をくだらないと思ったことは一度もないの？　そんなことないでしょ、一度くらいはあるでしょ！」

だれも、なにも言わなかった。ただ少女の突飛な行動を、息をのんで見守っていた。

幸実は、うぐっと悔しそうに下唇をかんだ。みるみるうちに充血して真っ赤になっていくその唇が、彼女の若さとくやしさを表していた。

「ば、ばかばかしい」

という低く押し殺した声が聞こえた。そう言ったのは副社長のようだった。

「警備員、そのお嬢さんにお引き取り願いなさい。それに、ほかの社員も自分の課に戻れ！……ったく、とんだ茶番だ」

入り口に突っ立っていた警備員の男が、幸実の肩をぐいっとつかんだ。

「井原君。きみはとんでもないトラブルメーカーだよ。あんな物事をよくわかってもいない子供に手をつけるなんて、社会の恥もいいところ――」

「だから違うって言ってるでしょ！」

社長室から引きずり出されながら、幸実は部屋の中に向かって叫んだ。

「わたしたちは真剣に向き合ってただけなの。そんな適当なつながり方じゃなかったの。これからだってちゃんとするつもりなんだから。

その証拠に――わたし、井原さんと結婚するつもりでいるんだから！」

この言葉に、だれもが開いた口がふさがらなかった。

リョウコですら、この突風のように現れた少女の言動を前に、まともにものを考えることができないでいた。

幸実の爆弾発言に驚かなかったのは、口にした本人だけだった。該当者の井原でさえ、目の前でなにかがはじけたように目をまるくしていた。

「結婚!?」

幸実は、それ以上もなにか叫んでいたが、警備員ふたりに両脇を抱えられるようにして下の階に連れていかれた。

あとの場には、呆然とした表情を貼りつけたままの井原と、やはり疑惑の目を向けずにはいられない多数のギャラリーが残された。

『どうしてそんなふうに、だれが決めたのかわかんない常識に従ってるのよ』

血を吐くような幸実の叫びが、まだリョウコの耳の奥に残っていた。

彼女は、こうも言っていた。

『くだらないと思ったことは一度もないの？』

「──ある」

リョウコは、無意識のうちにひとりごちていた。すぐ隣にいたエリ菜が、「えっ」と顔を上げる。

チャイムが鳴り響いた。

『いまから、ヤマトテレビさんの撮影が始まります。社員は全員指定の位置に出てください。各課の屋上から叫ぶ要員は、急いで屋上に集合してください』

「あっ、リョウちゃん先輩もう行かなきゃ。たしか先輩四番目だよ」

言うエリ菜を振り切って、リョウコは屋上へ向かう登り階段でもなく、エレベーターでもなく、一階へ下る階段へ向かって走り出した。

「先輩、どこ行くんですか!?」

足がもつれそうになりながら階段を下り、急いでロッカー室へ飛び込む。

リョウコは、自分のロッカーを開けると、立てて押しこめてあったボストンバッグを開いて、くしゃくしゃになってしまったロリィタ服を引っ張り出した。

いつもの手順でワンピースに足をくぐらせ、ストッキングを脱ぐ動作ももどかしくハイソックスに足をつっこむ。襟にボリュームを出させるつけ襟を引っかけ、腰のリボンを後ろで結び、裾《すそ》を何重にもかさねたペチコートを、最後にドロワーズをはく。

そのままロッカー室を出ようとしたリョウコは、ふと鏡に映った自分の顔を見て立ち止まった。

(忘れてた。これだ。これがないと!)

前髪からピンを抜き取ると、勢いよく前髪を全おろしにした。

まっすぐに切りそろえた前髪が、リョウコの額をきれいに隠してしまう。

鏡の前で、リョウコは深呼吸した。

用意は、すべて整った。これが、あたしの戦闘服なんだ。

(これで、あたしは完璧なロリィタ!)

エレベーターに乗ろうとはつゆほども思わず、リョウコは二段飛ばしで階段を駆け上がった。途中駐車場に集まろうと降りてきた社員たちが、信じられないとばかりに目を見開いてリョウコを振り返ったが、そんなことはどうでもよかった。ペチコートを蹴りあげ、リョウコは疾走した。いつもはヒイヒイ言いながら上り下りする階段が、あっというまだった。

屋上へのドアを開けると、たくさんのカメラ機材、それにテレビ局の人間が集まっているのが見えた。みな、リョウコを見て少し驚いた顔をしたが、なにかおもしろいことをしてくれる出演者だろうと思っているのか、特にコメントはなかった。

「あー、あなたが次に叫んでくれる仁科さんですね。遅かったですねー、待ってたんですよー、間に合ってよかったー」

ＡＤらしい男が、とりつくろうようにリョウコににじり寄ってきた。

「大丈夫ですよー。このすぐあとですからねー。あの男性が――よくご存じでしょうけど、屋上から叫んだら、イエスかノーか同じように答えてくれたらいいだけですから。ところで、あなたの後輩の鵜月エリ菜さんからうかがったところ、あなたの返事はイエスっぽいそうですけど、そこんところあらかじめ教えてはいただけないでしょーかね……」

リョウコは、ほとんど男がしゃべっている内容を聞いてはいなかった。

彼女が撮影しているそばまでくると、ちょうどリョウコに交際を申し込んできた別府啓太が、番組をしきっている若手のお笑い芸人にインタビューを受けているところだった。

「えーっと、お名前は」

「あ、えと、別府啓太です。所属は営業二課で、最近本社に戻ってきましたっ」

「おおー元気いいですね。ご趣味と好きな食べ物は？」

「趣味はー、地方に行ってから食い道楽になっちゃいまして。甘いものとか好きなんですよ。ホットケーキとか、子供みたいですよね」

啓太に無難な質問をいくつかしたあと、司会者たちは本題に入った。

「で、今日はどういった感じのことを叫びたいですか」

「あー、実はある人に告白したくて」

機材を持ちつつ三人をかこんでいるテレビ局のスタッフから、おおーというやらせっぽい声が上がる。

「じゃあ、いまからその熱い思いを、屋上から叫んでいただきましょう！」

真下に社員たちがスタンバイしている位置まで誘導された啓太は、少し頬を緊張させたまま、灰色のビル群が林立する方角へ向かって、思い切り叫んだ。

「俺こと、別府啓太二十六歳は――っっ、今日ここで、告《コク》りたい相手がいます――――っっ」

瞬間、地上のほうからどっと歓声が立ち上がり、続いてピューだのひゅーだのいう冷やかしの声が混ざる。駐車場に待機していた百名ちょっとの社員たちだ。

彼は、一気に言った。

「管理課の仁科せんぱいーっっ」

啓太がリョウコの名を告げると、おおおーっとどよめきがわき起こった。

「再会したとき、運命だと思いました――っっ、つきあってくださいーっ」

彼はそれだけを叫び終えると、耳を真っ赤にしたままこちらを振り返り――

「え……」

と、リョウコに目を止めて硬直した。

「あ、マジで、せんぱ……」

リョウコはなにも言わないまま、さっき彼が立っていた位置までずんずんと歩いていった。

驚くなら、驚くがいい。

引くなら、引くがいいさ。

これで会社のみんなにドン引きされたってかまわない。あたしのロリ姿が全国に放映されて、近所のオバハンどもがまたゴミ収集の日にヒソヒソ噂して、それでお母さんがよくも恥をかかせてって食ってかかってきたって、いい。

いままで、あたしの人生は、いわばつまんないものの積み木だった。

大学生活の半分を、入った学科の勉強もろくにしないまま就職活動についやして、たいしたことのない自分の長所と短所をわかったような顔をして言い、スカスカな人生の中からどうにか履歴書をうめるだけの項目をひねりだす。

そして、それからはもう終点に向かってまっしぐらだ。仕事も家族も趣味もなにもかも中途半端、自分よりも社会、個人よりもコミュニティを大事にして生きていく。ぱっと花なんてさかせられるはずがない。あたしのような平凡な人間にできることといったら、できるだけ損をしないよう、こつこつと毎日を積みあげていくことだけだ。

(でも!)

リョウコは、カメラが回っている前に進み出ると、社員たちが集まっている会社前の駐車場を見下ろした。

でも、いくら社会のルールに沿うしか生きられないちっこい人間でも、人生で一度ぐらい、腹をくって本当のことを叫んだ日があったっていい。

これが本当のあたしだって、言える日があったっていいはずだ。

ジムできたえた腹筋を駆使して、腹いっぱいに空気を吸って、足ふんばって全国に向かってカミングアウトするんだ。

現れたリョウコの姿を見て、それをリョウコだとようやく認めた人間がざわつきはじめる。

リョウコは目をつぶって、深呼吸した。

(――やっちゃえ!!)

「おまえら、みんな聞け――――っっ！」

もはや番組の進行など無視して、リョウコは叫んだ。

「あたしこと、仁科亮子二十九歳は、ロリィタ歴九年の筋金入りのロリィタだ、なんか文句あるか！」

下にいるギャラリーたちは、「なーに？」などという合いの手を入れることすら忘れて、ひたすらぽかんとした顔で、フリフリロリロリの格好をしたリョウコを見上げている。

「いいか、よく聞け」

かまわず、リョウコは叫んだ。

「おまえら街ですれ違ったとき、いちいち振り返んな、バーカ!!」

ひときわドスをきかせた声で、彼女は怒鳴りつづけた。

気持ちがいい。

本当のことを言うのって、なんて気持ちがいいんだろう。

「こっちはフツーに売ってる服着てんだよ。コスプレじゃねーんだヴォケ。写真とんな！」

スタッフたちも、あっけにとられた顔でだれもリョウコに話しかけようとする人間はいない。

顔も手も、なにもかもが熱かった。

胸の奥から、激情があふれてくる。

なにか胸にぱんぱんに詰まった袋がやぶけたみたいに、熱いモノが喉を血管をこみあげてくる。

（熱い）

たまらずに、リョウコはシャウトした。

「ロリィタのなにが悪い……」

ついに言った。

「二十九歳で、ロリィタ服着て、なにが悪い――――っ！」

＊＊＊

ちょうど、お昼をとろうと漬物を冷蔵庫から取り出してテーブルに置いたところだった。

初恵は、朝、久征がそのままにしていったテレビのチャンネルをまわすと、ちょうど、その番組を放映しているところだった。

『ロリィタ服着て、なにが悪い――――――――――――――っ！』

大音量が響き渡ったかと思うと、即座に画面がスタジオ内にきりかわった。

『……いやあ、今日はすごい叫びが出ましたね』

『ストレスたまってそうでしたねー』

番組の出演者たちが、みな一様にひきつった笑顔であたりさわりのないコメントを繰り返している。初恵は、しばらくじいっとテレビのほうに見入っていたが、やがてこみあげてくるものを押さえきれずにぷっと吹き出した。

「亮子さん、やっぱりやっちゃったのね」

四十四年間繰り返してきた、漬物をのせてお茶漬けにしただけのお昼ご飯を終えると、初恵はいつものようにはやばやと夕飯の準備にとりかかった。

スーパーで買ってきた筋子を醬油に浸け込んでタッパーに入れる。これが、最後の筋子作りだ。

そう思うと、どこかすがすがしいような気分になった。

イクラになる前のオレンジ色のつぶつぶがぎっしりとつながっている様子はグロテスクだったが、そのとき初恵はふと、それを口にしてみようと思った。考えてみれば不思議なことだった。いままで四十四年間、毎日毎日それにさわっていても、食べたいとは一度も思ったことがなかったのに……

ひと口、口の中に含んでみると、プチっという歯ごたえがあった。

「あら……」

初恵は、意外な思いにとらわれていた。

「おいしいじゃない」

ちょうどそのとき、がちゃりと玄関の門扉を開ける音がした。初恵はコンロの火を消すと、あらかじめ用意してあったソレを右手にはめながら玄関へ走り寄った。

この四十四年間、いいように怒鳴られ殴られ、物をぶつけられてきた人生だった。

だからこそ、こうしようと思ったのだ。

夫の定年の日、その日にいままで慣例のように繰り返されてきた日々に楔《くさび》を打とうと。

繰り返されてきた筋子と癇癪《かんしゃく》の毎日、まともにものも言えない夫に、いままで自分が耐えてきた思いをぶつけ、思い知らせるのだ。

そのためには、言葉じゃ足りない。四十四年という途方もない長い時間蓄積されてきた初恵の思いは、こんなときに口でちょっとしゃべったからといって伝わりきるものではない。

だから、こうするのだ。

こうするしかない。

言葉じゃなくて。

紙切れ一枚のサインでもなくて。

『あれ』を、するしか。

ガラッと音がして、夫の久征が戻ってきた。

「おかえりなさい」

久征は鞄をぐいっと前に押し出すと、だれに向かって言っているのかわからない口調で、うん、と言った。

しかし、初恵は鞄を受け取らなかった。ソレを右手にはめたまま、その場にゆっくりと正座して頭を下げた。

「あなた。いままで、どうもご苦労様でした」

久征はなにも言わなかった。玄関脇に置いてある大きな風呂敷づつみ二つを怪訝そうに見ながらも、履き込んで踵《かかと》の減った革靴を脱ごうと足を浮かせた。

彼は言った。

いつものように。

いつもとまったく同じように、

「ビール」

と……

「ありません」

初恵は、自分が微笑《ほほえ》んでいることに気づいた。久征がいぶかしそうに初恵を見上げる。

そのときだった。

すっく、と若いカモシカのような俊敏な動きで、初恵が立ち上がった。

（いまよ、初恵！）

彼女は、いま、まさに靴を脱いで上がろうとしている久征の前に立ちはだかった。

四十四年。

いっしょになって、四十四年なのだ。その間、ずっと耐えてきた。

この怨念《おんねん》の深さを思い知らせるためには、言葉じゃとても足りない。

だから、初恵はある計画を立てた。

そのために、ボクシングジムに通った。

離婚だけじゃない。へそくりをためることではない。

『あれ』をする。——定年の日、暴力をふるいつづけた夫の顔を、思いっきり拳で殴ってやろうと！

「あなた、積年の恨み、思い知りなさい！」

久征は、人が変わったように般若《はんにゃ》の形相《ぎょうそう》でせまってくる妻に、ただ硬直して突っ立っていることしかできなかった。彼はそのときようやく気づいたのだった。

妻の右手に、ボクシング用のグローブがはめられていることに。

(自慢の歯をへし折ってやる！)

初恵は、すべての思いを右腕にこめて、渾身《こんしん》のストレートを打ち出した。

「二度と筋子が食べられないようにしてやるわ!!」

ばこーん！

気持ちのいいぐらいの音をたてて、初恵の恨みパンチが久征の左頬に炸裂した。

初恵は目を見開いた。どうだ、ざまあみろ、そんなことを思って顔が笑いそうになった。

そのときだった。

「ぶごっ！」

豚が集団で凄《すご》んだような音をたてて、久征がうめいた。その瞬間、彼の口からぽーんとなにかが飛び出した。

「あ……」

下駄箱にぶつかってよろよろと崩れ落ちた久征の、ちょうど膝の上に、その口から飛び出したものは落ちて転がった。

（まさか、あれって……）

初恵は、両目を出目金のようにぱちくりさせて、足下に転がっているものを凝視した。

信じられなかった。

——久征の口から飛び出したのは、歯の丈夫さを自慢していた彼の、なんと上の入れ歯だったのだ。

エピローグ

——そしてカミングアウト、その後……。

『……だからね、本当なのよ亮子さん。

本当にうちのだんなったらね、入れ歯入れたこと、ずーっと隠してたの。あははははっ、おっかしいーわよねえ、あはははははっ』

と、盆と正月がいっぺんに来たようなはしゃいだ声を、電話の向こうで上げているのは、リョウコが近所のボクシングジムで知り合った初恵さんだった。

「へえ、入れ歯ねえ」

リョウコは、中身を出し終えた段ボール箱からガムテープを剥《は》がす作業をやめて、いまさっき届いたばかりのシステムベッドの上にごろんと転がった。

引っ越しといっても家から持ち出すものは（服以外は）あまりなかったので、通販で買った家具の梱包《こんぽう》をとくことがリョウコの主な作業だった。しかし、これが意外とたいへんで、彼女は、なにかを破ったりつぶしたりするのは、思いのほか労力がいることだと知った。

「それで、初恵さん、結局離婚したんですか?」

握りっぱなしで熱くなってきた携帯を反対側の耳に押しあてながら、リョウコは言った。

『いいええ、それがねえ。いったんは出ていこうと思ったんだけど、ほら、あなた、いきなり殴ったら入れ歯ぽーんでしょう。こっちもびっくりしちゃって、それからあんまりにもおかしくってケタケタ笑っていたら、あの人がこっちがかわいそうになるくらい意気消沈しちゃってねえ。

たぶん、わたしに長年えらそうなこと言ってきたもんだから、入れ歯にしたって恥ずかしくて言えなかったらしいのよ。変なところで負けず嫌いなのよねえ、この人って』

そして、また、あはははっと笑う。

……ということは、結局離婚も別居もしなかったということなのだろうか、とリョウコはいぶかしんだ。

しかしそれには、

「でも、初恵さんはそれでいいんですか? だってすごいお金とかためたんでしょう」

『ああ、だからね、今度はいつでも出ていけると思ったら気が楽になっちゃったのよ』

と、あっけらかんとした答えが返ってきた。

『この人もね、ちゃんと口で言えばいいのに不器用でねえ。口ではわたしにぜったい勝てないもんだから、ついカッとなって物にあたるのよね。あれから、離婚届にサインしてもらうにあたってこの人と話したのだけれど、それがまたいろいろでねぇー、あははは っ』

「……初恵さん」

『あらごめんなさい。でもね亮子さん。この人ったら、本気でダムにわたしを連れていったらわたしが喜ぶって思ってたんですって。自分が作ったものだから、きっとわたしも同じように思うはずだって。そんなの無理よねえ。わたしはこの人じゃないんだもの。でも四十四年間ずーっとそう思ってたんですってよ。もー、それ聞いたときは、呆れるのを通り越して笑っちゃったわよ』

そして、急に声をひそめたかと思うと、

『それにね、筋子がおいしかったの』

「は？」

いきなり、いままでの話の流れと脈絡があわなくなって、リョウコは聞き返した。

「す、すじこって、あれですか。だんなさんの好物だっていう」

『そーなの。四十四年間一度も食べたことなかったんだけど、この間生まれて初めて食べてみたのよ。そしたら意外とおいしかったの』

初恵の声は、真剣そのものだった。

『そのときに、ああわたしも食わず嫌いだったんだ。もっとこの人とのことで食わず嫌いになってることがあるかもしれないって気づいたのね』

「はあ……」

『ま、とりあえず、離婚届にサインはしてもらったから、あとはいつでもわたしの好きなときに出せるわけですよ。そう思ったら、なんだかハッカ飴《あめ》を食べたときみたいに胸の奥までスーッとしちゃってねえ。

——あら、あなたそれはそこじゃないわよ。あなたの下着は洗面所にある引き出しにしまってあるはずでしょ』

リョウコはぎょっとして受話器にしがみついた。

「え、初恵さん、まさか、いまだんなさんが家事してるの？」

『そおよぉー。どーせ定年になってうちじゃあ古ぼけた家具以上に役に立たないんですもの。それにわたしがいつ出ていってもいいように覚えておいたほうがいいわよって言ったら、しぶしぶそれはそのとおりだと思ったらしいの。

ちょっとあなた！　筋子の身をほぐすときはこいくちのお醤油使ってちょうだい。まったく、四十四年も同じもの食べておいて、お醤油がどっちかすらわからないんだから。まー、つかえないったらありゃしない』

リョウコはぽかんとした。本当に、先日玄関先で会った、あの堅物そうなご主人に言っているのだろうか。

だとしたら、信じられない。言いたいほうだいとはまさにこのことだ。

『ねえ、ところで亮子さん、お引っ越し先は結局この駅界隈《かいわい》にしたのよね。それも、こっち側のほうに』

「ええ、そうなんです。初恵さんのお宅は実はここからすぐです」

リョウコは、ちょっと上体をのばして窓の外を見た。

あれから、テレビの全国区で娘の醜態が流れたことを知った母親によって、リョウコは家を出ることを余儀なくされてしまった。それもとっくに覚悟していたことだったから、むしろリョウコは積極的に引っ越しの準備を始めた。

ところが、娘が自宅になんの未練も持っていないことを知ると、父親がリョウコのひとり暮らしに異をとなえはじめる。

リョウコは聞かなかった。ただ、両親になにかあったときにすぐ帰れるように、駅をへだてて反対側にある、築三十年以上の2ＬＤＫの公営住宅を借りた。

最近はこの手の公営住宅は部屋あまりで、ひとり暮らしの人にも積極的に貸すようになっていることを、リョウコは会社の同僚から聞いたのだ。

『ああ、その団地は知ってるわ。ここからすぐよね。じゃあまた同じジムに通えるわよね』

「そうなんです。せっかく高い入会金払って入ったんで、もったいなくて」

実のところ、そんなけちくさい理由もあったのだった。

『じゃあ、いつでもまた遊びにいらしてね。今度は主人にお茶でも入れさすから。ああっ、あなた。もしかして洗濯機に柔軟剤入れなかったでしょう。バスタオルがごわごわじゃないの！　もーう、こんなんじゃわたしが先に死んだらあなたすぐに後追いよ。瑛子になんて言うつもり』

リョウコのまわりもえらいことになっているが、電話の向こうも、まだまだ戦争が続いているようだ。

そのとき、ピンポーンとドアチャイムが鳴った。リョウコはあわてて頬に携帯を押しあて、

「あ、すいません初恵さん。おつかいに行ってくれてた後輩が戻ってきたみたいなので、また」

初恵は、お引っ越しがんばってねと言って電話を切った。

もう一度、ピンポーンとチャイムが鳴る。

「はいはーい、鵜月ちょっと待って！」

ガムテープとエアクッションと段ボール箱とで足の踏み場もない部屋をかき分け、玄関ドアを開けると、いい匂いのたちのぼる弁当を腕にぶらさげた鵜月エリ菜が立っていた。

「もー、あそこのホカ弁超並んでましたよ。まったくいまどきは主婦でも土曜日はご飯作らないんですねー」

ずいぶん並んで待ったらしいエリ菜は、そんなふうにぶあつめの唇をとがらせてベッドの上に座った。

エリ菜は、ここから電車で十分ほど行ったところに住んでいるらしく、今週末に引っ越しをすることをなんとはなしに話したとき、彼女のほうから手伝いを申し出てくれたのである。

まったくもって、いいヤツだとは思う。

(ロリィタ疑惑は解けてないけどな)

リョウコはエリ菜の買ってきてくれた唐揚げ弁当をかっこみながら、チラリと彼女の方を盗み見た。

すると、右頬にリスのようにご飯を詰め込んだエリ菜が言った。

「でも先輩、超かっこよかったですよね。ロリィタでなにが悪いーって。わたし惚れちゃいそうでしたもん」

「なんで惚れんのよ」

「だって全国ネットですよ。全国ネット」

エリ菜がグー握りをしていた割り箸をふっと浮かせて、

「井原課長の援交事件のことといい、一時はどうなることかと思いましたけど、なんか終わってみればみんなそれなりのところに収まったよーな」

「そだねえ」

リョウコもまた、しみじみとうなずいた。

結局、自分のとこの社員が援助交際をしていたという醜聞を恐れた会社は、井原とあの女子高生の言い分を全面的に認めて、特にお咎《とが》めなしということになった。会社にしても、へたに警察沙汰にするよりかは、両方がそう言っているんだからということで押し通したほうが都合がいいのである。

さすがに相手方の女子高生が真っ昼間の会社に怒鳴りこんできて、結婚すると叫んだときは、まわりの人間も唖然としたものだった。

ところがいまでは、井原課長はいまどきめずらしい純愛ラブを貫いている硬派男として、女子たちの間ではすこぶる評判がいい（もちろん、彼をロリコンだという陰口もまったくないわけではないが）。

幸実という名の女子高生とは、その後もマイペースなデートを繰り返しているようで、リョウコのいる管理課では本当に結婚するのかどうかトトカルチョが行われている。

ただ、その中でひとり冷静なのが、当の本人である井原だった。

「幸実ちゃんは、まだ若いから勢いでそういうことを口にしてしまっただけなんだ。もう少し広い視野が持てるようになったら、僕みたいなおじさんはつまらないと思うようになるさ」

結婚なんてしないよ、とどこか寂しげに言う井原だったが、リョウコはあの情熱女子高生に押し切られて、さ来春挙式のほうに十口ほど賭《か》けていたりする。

ふいに、エリ菜が思い出したように言った。

「そういえば先輩、あのあと別府さんとはどうなったんですか」

「どうなったもなにも」

と、リョウコは口の中に綺麗すぎる蛍光色をしたたくあんを放り込んだ。

完全ロリィタ装備で屋上から不条理を叫んだリョウコは、会社中から賛否両論で迎えられることになった。あの仁科さんが、という声もあれば、人は見かけによらないねえ、という声もあった。もちろん、全国ネットであんな言葉遣いで叫ぶなんて、社会人としての良識がないという厳しい意見もあった。そのどれもが、もっともなことだとリョウコは思う。

中でも注目されたのは、その直前リョウコに告白をしていた別府啓太の反応だったのだが……。

「なーんの音沙汰もなしよ」

リョウコは口の中に広がったたくあんの変な甘さを消すために、一緒に買ってきてもらったペットボトルの緑茶をあおった。

「音沙汰なしって、メールとか電話もですか⁉」

「うん。会社でもあたしを見かけるたびにささーって逃げてくし、もうどうでもよくなったみたい」

「どうでもよくなったって……」

エリ菜は空になった弁当箱をビニールに入れてきゅっと口を縛りながら、あ、でも……、と言った。

「これは噂でしかないんですけど、別府さんって福岡で女上司と不倫したのがバレて、それで戻ってきたって」

「マジで!?」

リョウコはペットボトルから口を離してそう叫んだ。そんなことは初耳だった。

「出向先だからって、結構遊んでたみたいですよー。これは同期の韓国支社の子に聞いたんですけど、ソウルに出張したときは一晩中日本人向けのクラブに行ってたりとか、出会い系使って不倫してるって、情報課の子から聞いたこともあったな」

「げえー、それホント!?」

「うん。だからかえって良かったんじゃないですか。ヘタに深入りしなくて」

「……ホントだ」

リョウコは満腹になったおなかごと、ごろりとベッドの上に仰向けに転がった。人は見かけによらないと思っていたが、まったく真実だった。どうりでアプローチが早いと思っていたのだ。

それに、啓太のことがわかってからも、なぜかそんなにショックではない。

「さーって、また続き始めるか」

リョウコは、最近のヒットチャートを適当にまとめたCDをラジカセの中に放り込むと、再生ボタンを押した。チューンとCDの回る音がして、家の外でも聞き慣れた旋律が音を刻みはじめる。

近ごろはラップが増えたなあと思っていたけれど、それにも増して非恋愛ソングが増えたように思う。メッセージ性の強いシャウト系のポップスが支持されるようになってきているのか。

(やっぱみんな叫びたいわけよね、きっと)

昼食を終えてふたたび段ボール箱を開ける作業に戻っていたエリ菜が、中身を見たとたんわっと声を上げた。

「ねえ先輩、これってあのとき着てたワンピースですよね」

彼女が引きずり出したのは、マイ・メアリー・メイのへびイチゴ柄のワンピースだった。リョウコが持っている中でも、特に（柄が柄だけに）外に着て出ていくのはためらわれる服だ。

「へえ、これマイ・メアリー・メイの春の新作だったんだ。あそこ最近チェックしてないからなあ」

リョウコはものすごい勢いで振り返った。

(こいつ、やっぱクロだ)

マイ・メアリー・メイは筋金入りのロリィタブランドだ。百貨店にも入っていないし、ショップといえばどこも普通の雑居ビルの三階とかに入っているだけである。一般人がそうそう知り得る場所ではない。

「あはは、なんて顔してるんですか先輩」

エリ菜はからかうようにこちらを見た。

「鵜月、あんた……、あんたやっぱし……」

「やっぱりもなんにもないですよ、先輩。わたし、先輩に気づいてもらえるようにわざといろいろ自分からサイン出してたじゃないですか」

「え!?」

彼女は、段ボール箱の中から次々にヘッドドレスやコサージュを発掘しながら言った。

「もー、管理課に配属されてすぐにピンときましたよ。あ、この人も同族だなって。だからつっこんでもらえるようにいろいろロリィタしかわからないアイテム持ったり〝デジャヴ〟のハイソはいたりしてたのに、先輩ぜーんぜんつっこんでくれないんだもん。こっちからいつカムアウトしようかって悩んでたんですよー」

「すぐに⁉」

リョウコは、あれ以来啓太に無視されたとき以上のショックに襲われた。

（そんな、どうして⁉　あたしのパンピー武装は完璧なはずなのに。前髪もぱっつんにしてないし、服だってロリ色はいっさい排除してふつうだし、ハイソじゃなくてパンストはいてるのに）

驚愕を隠せないリョウコを尻目に、エリ菜は次々に段ボール箱を開けては、リョウコ自慢のロリィタグッズを取り出している。

「うわー、これかわいいー。やっぱ純ロリィタさんってみんな服に金かけますよねー。わたしらなんか自分で型紙起こすんで、ここまでのクオリティは出ないんですよね」

などと、またもや目ん玉が飛び出るようなことを言い出した。

「――って、あんたまさか」

「ねー先輩、今度ふたりでメイドさんしません？　メイドさん」

「あんた、まさかオタロリなの⁉」

リョウコの言葉に、エリ菜は不満そうに唇をとがらせた。

「違いますよー。オタロリなんて言わないでくださいよ。わたしらはただのコ・ス・プ・レ・イ・ヤー」

「あ、でもレイヤーはレイヤーでもいわゆるてかてかサテンで服作っちゃうような安っぽいコスはしない主義なんで。ロリもゴスもやるし、コス以外はたいてい既製服着てますよ」

「………」

自分よりもさらにこゆいところまではまっている後輩に、リョウコはロリィタ道の深さを知った。

(ふ、深い!)

言葉もないリョウコのすぐそばで、そろそろ老齢に入りかけたCDラジカセが必死でシャウトを繰り返している。

「あーでも、カミングアウトしてすっきりしたー。ねー先輩、これからは偽ってるもの同士仲良くしてくださいねー。あ、先輩は全国区でカミングアウトしたから偽る必要はないのか。じゃ、わたしも早速明日は前髪ぱっつんで会社行きますよ」

「や、やめろ……。そんなことしたら、ただでさえ市民権を得ていない全国のロリィタからなに言われるかわかんないじゃない」

「そんなー、つれないなあ先輩。同族なのにー」

——ふたりの出会いはテイクアウト、

気持ちがどんどんクレッシェンド、

もう生きられないのウィズアウト、
そしたらまさかのフォールドアウト♪

なんとかという最近出てきたバンドが、内容の薄いごろあわせのような歌を怒鳴り声で歌っている。

「なにもラウンドトゥにドロワーズはいて出勤するわけじゃないからいいじゃないですか」

「ぎゃー、やめてやめて。あたしはこれからも適度に一般人に同化して生きていくんだから！」

「そんなのいまさら無理ですよ。うわー、この押し入れ広いじゃないですか。さっそくパイプつけてロリィタ・クローゼットにしちゃいましょう」

「うぎゃーっ、ロリ服にさわんないでっ。ちょっと鵜月！」

「エリ菜って呼んでくださいよぉ」

（カミングアウトするのも楽じゃないや……）

リョウコは天をあおいだ。

これから、ひとり暮らしでどんな人生が待ちかまえているかわかったもんじゃない。

（しかし、コイツ。どうしてあたしがロリィタだってわかったんだろう）

リョウコはいぶかしんだ。いろいろと詰めの甘いエリ菜と違って、リョウコの偽装っぷりは完璧だったはずだ。

「ところで鵜月さ」

「はい？」

「……なんでひと目であたしがロリィタだってわかったの？」

リョウコは聞いた。後学のためにも、そこはぜひ明らかにしておきたいところだった。

クラシカルなレースプリントのワンピースを体にあてていたエリ菜は、それごと振り返ってなんでもないことのように言った。

「ああ、それはあたしらの期のときって、配属されてすぐに新人歓迎もかねて伊豆に社員旅行に行ったじゃないですか」

「ああ、うん。行った行った」

「新人は隣の部屋で飲んでたんですよ。それで、戻ってきたら先輩たちもう寝てたんですけど、そのときに見たあまりの見事なまでのぱっつん前髪にロリ疑惑が…」

「前髪!?」

リョウコは思わずピンで斜め止めした自分の前髪を両手でおさえた。

エリ菜はニマーっと笑って、

「さすがの先輩も、寝ているときまでは気がまわらなかったみたいでしたよぉ」

リョウコは絶句した。

（たったそれだけのことで、ばれてたなんて…）

やはり、無意識のところまでは隠せないということだろうか。

それにしても、そんな昔から見破られていたとはショックだった。はっきりいって相当くやしい。いままでばれないように気取られないように、お金かけて一般ピープルコーディネートしていた自分がばかみたいだ。

（あんなに苦労して気をつけていたのは、いったいなんだったんだ…！）

リョウコは無性に腹の底に力を入れたくなって、すっくと立ち上がって窓のほうへ歩いていった。

ふと、窓の外をのんびりと流れている雲を見た。

もう、ビルの上から叫びたくなるようなことはない。

隠していた秘密も、なくなった。

きっと、そのうちできるのだろう。そう思った。秘密ができるということは、生きることだ。だれだって腹の底に、だれにも言えない秘密を抱えている。

でも秘密を抱えることは悪いことじゃない。秘密をカミングアウトすることがいいことじゃない。

秘密をカミングアウトできる相手がいることが、大事なのだ。

ひとりじゃないことが……

「……まあでも。鵜月、サンキュね」

独り言のように言うと、エリ菜は引っ越しの手伝いのことだと思ったのか、いいんですよぉと笑った。

「いい天気だねえ」

リョウコは、窓から少し身を乗り出して大きく息を吸った。たまには、こんなふうに背伸びするのもいい。こんな日は、もっと大胆なことができそうな気がする。いっそ、勇気を出してちょびっとフリルのついたシャツでも会社に着ていってみようか……

（それも、いいな）

せっかく引っ越しして、できることが増えたのだから、ほんのちょっとだけ、いままで押し隠してきた本当の自分を出そう。

それで、堂々としていよう。

それは、すごく難しいことだけれど、いままでできなくて、いつのまにか諦めてしまったことだけれど、たくさんでないのなら、ほんのちょっとだけならできる気がする。

（できる）

リョウコは思った。

たくさんではない。

ほんの、少しなら。

「あー、明日もがんばろっと！」

なにか、新しいことをできそうな予感に、リョウコは叫んだ。

明日も、ちょっとだけがんばろう。

――だから明日も、きっと今日みたいなお天気だといい。

解説

杉江松恋

今の自分は本当の自分ではないと思っている人。
人に気持ちを伝えられなくて、溜まりすぎた言葉で身体が重くなっている人。
周りが自分をどう見ているか、気になってしかたない人。
つまり、いつも我慢ばっかりしている人。
そういう人が、この『カミングアウト』を読むといいのです。

物語は六つの章とエピローグで構成されている。それぞれの章の語り手は、あなたと同じような人種である。つまり、あじけない心を抱えながら日々を送っている人びとだ。その気持ち、想像できるでしょう。いかに重たく、そして寒々しいものであるか。
「コインロッカー・クローゼット」の語り手、さちみは、相手によってさまざまな名前を使い分ける十七歳の高校生だ。彼女は、ある駅に設置されたコインロッカーの、いちばん奥の一角を独占している。そこは彼女のクローゼット代わりの場所なのだ。家に持ち帰れば間違いなく母親から見咎められるような、高価な服や化粧品が詰めこまれている。そして、世間知らずの〝リコ〟や優等生の〝カオリ〟など、それぞれの人格に変身するための衣装も。それらを購入するために、彼女は若い女性とセックスをしたがる男たちと会っている。そうまでして別の人格になりたい理由が、彼女にはあるのだ。危ないながらも平衡を保っていた彼女の暮らしは、ある出来事が元で一挙に崩壊してしまう。

「恋人と奥さんとお母さんの三段活用」の史緒《しお》は、二児の母であり、主婦だ。彼女の日常もある日臨界点を迎えてしまう。きっかけは夫の公敏《きみとし》に向けた言葉を拒否されたことだ。二人の子供を授かったあと、夫婦の間で身体の関係は絶えた。十二年も女として遇されることがなく、それでも辛抱し、耐え忍んだ末に、必死の決意で言葉を口にしたのである。

「抱いてください」

と。その訴えを夫から拒絶された翌日、史緒はある一線を踏み越える決意をした。

「老婆は身ひとつで逃亡する」の初恵もまた、夫婦の関係に悩んできた女性だ。彼女は、家庭内の暴君である夫・久征《ひさゆき》が停年退職をするその日に向けて密かな準備をする——。

こうした具合に、日々の生活に不満を覚えている五人が登場する。中には「オフィス街の中心で、不条理を叫ぶ」の主人公・仁科リョウコのように、傍目から見れば滑稽に思われるかもしれない悩みの主もいる（彼女の悩みが何かは読んでのお楽しみ。ある種のファッションに関心があるひとには、非常に参考になる内容です）。しかし本人は至って真面目。真剣な思いで悩み、満たされぬ思いを抱えて生きているのだ。ここでは詳しく明かさないが、各章の登場人物が絶妙の呼吸で共演を果たす場面があるのも本書の読みどころである。辛いテーマで書かれた章でもどこかに暖かみがあるのは、そうした触れ合いの要素があるからだ。唯一男性が視点人物を務める「骨が水になるとき」では、四十六歳になるまで独身を通してきた井原臣司がある女性と出会い、心を癒される。キャラクターの取り合わせの妙で読ませる章で、意外性と同時にちょっとした可笑《おか》しみさえある。

とにかく登場人物のひとりひとりに肩入れしたくなる小説だ。それは、悩みを持つ五人の男女のどこかに、読者が自分に似た部分を見出すからだろう。胸の奥を塞《ふさ》いで仕様のない、気味の悪いもやもやの正体を知りたくて、誰もがもがき苦しんでいる。それが何なのか、作者はそれぞれの章の中でヒントを出している。それはなぜ目に見えないのか。なぜ自分は苦しいのか。それが判り、読みながら次第に胸のつかえが取れてくる。最後の「カミングアウト!」の章では、心の中に鬱屈《うっくつ》や不満を抱えた五人の語り手たちが、それまでの自分、それまでの日々と訣別すべく決起する。その「カミングアウト」ぶりに目を通したあとは、きっとあなたもすっくと立ち上がってみたくなっているはずだ。

本書の元版は、二〇〇六年二月にソニー・マガジンズ（現・ヴィレッジブックス）が創刊したヴィレッジブックスｅｄｇｅ文庫の第一弾として刊行された（当時の題名には

『！』がついている）。帯のコピーに「あの『銃姫』の高殿円がはじめて〝今〟を書いた」とあったように、ライトノベルではすでに高い知名度を獲得していた高殿が、初めて一般小説を書いたということで話題になった作品なのである。

高殿円は一九七六年に兵庫県で生まれた。作家としてのデビュー作は、二〇〇〇年に第四回角川学園小説大賞奨励賞を受賞した『マグダミリア　三つの星』で、この作品は二巻に分冊の上、角川ティーンズルビー文庫（現・角川ビーンズ文庫）に収録された。〈パルメニア〉という王国を舞台にした架空歴史ファンタジイで、同書を筆頭として数々のシリーズ作品が生み出された。角川ビーンズ文庫収録作の他、ルルル文庫に〈プリンセス・ハーツ〉シリーズが収められている。先に名前の出た〈銃姫〉シリーズも〈パルメニア〉からのスピンオフ作品で、こちらは全十一巻で完結している（MF文庫）。この他、インドを舞台としたヒストリカル・ロマン〈カーリー〉シリーズ（ファミ通文庫）、榊一郎、大迫純一、築地俊彦らと競作したシェアードワールド作品（複数の作家が小説の舞台設定を共有して独自の作品を執筆し、巨大な世界観を構築する物語の形式）〈神曲奏界ポリフォニカ〉シリーズ（GA文庫）がある（以上は後述する三村美衣リストに依拠）。

ご覧のように『カミングアウト』を発表した時点の高殿は、ファンタジイやライトノベル系列という印象が強い作家だった。後に『トッカン　特別国税徴収官』（早川書房）を発表して実力を証明してみせたとおり、もともと一般小説の分野でも力を発揮できる作家だったわけで、執筆を依頼した編集者は先見の明を誇ってもいいだろう。

その『トッカン』は二〇〇九年十一月号から二〇一〇年二月号まで「ハヤカワミステリマガジン」（早川書房）に連載され、第五話を加筆の上二〇一〇年に六月に刊行された。主人公のぐー子こと鈴宮深樹《すずみやみき》は東京国税局京橋地区税務署所属で、赴任早々、特別国税徴収官（略してトッカン）の鏡雅愛《かがみまさちか》の補佐につけられた。トッカンの職務は悪質な税金滞納者から取り立てを行うことで、新米もいいところのぐー子には荷が重すぎる仕事なのだ。

同書は、あの手この手で取り立てから逃れようとする滞納者の手口を謎として描くミステリーであると同時に、ぐー子が職業意識に目覚め、冷酷非情（に見える）な鏡に対抗して一人前の徴収官として立とうと決意するまでを描く、正統派の職業小説、教養小説であった。それだけでも作品として十分おもしろいのだが、女性読者にとってはさらに共感できるポイントがある。職場でもっとも反目する相手が同世代の同性であったり、疲れたときに逃避するのが同性の友人との気の置けないつきあいであったりするような、若い女性の心理が、包み隠さぬ本音として書かれているからである（余談ながら、二〇一〇年後半のTV界では米倉涼子主演「ナサケの女　～国税局査察官」、篠原涼子主演「黄金の豚　会計検査庁　特別調査課」と、それまでは存在しなかった税金がらみのドラマが二本同時に放映される珍現象が起きた。あるいは『トッカン』のヒットがTVマンの目をこの世界に向けさせるきっかけになったのかもしれませんね）。本書のヒロインたちの「カミングアウト」ぶりに快哉を叫んだ読者は、ぜひ『トッカン』もどうぞ。

なお、「ハヤカワミステリマガジン」は二〇一〇年八月号で高殿円の小特集を行った。同号収載の短篇「トッカン　幻の国産コーヒー」は徴収官として働き始めて一年が経った、その後のぐー子を描いた作品だ。同特集では三村美衣が高殿作品の解説を行っており、詳細なリストも付されている（あ、杉江による高殿円インタビューも入っています）。

二〇〇〇年代、いわゆるゼロ年代の小説界では、ライトノベルから一般小説の側に越境してきた作家、特に女性の活躍が目立った。桜庭一樹、有川浩などの先発組に加わる第三の書き手として、高殿円は今後を期待される作家だ。高殿の魅力は、端的に言えば「落とし前のつけ方」にあるように思う。本書で示した登場人物たちの主張の正しさ、『トッカン』の主人公・ぐー子の「甘やかされなさ」など、優しさと厳しさを同時に描こうとする態度に、私は非常に好感を持っています。読むと気持ちがすっきりするのだ。

高殿円が、きっとあなたのもやもやを吹っ飛ばしてくれるよ。

二〇一〇年一二月

この作品は2006年2月ソニー・マガジンズより刊行されました。

なお、本作品はフィクションであり、実在の個人・団体などとは一切関係がありません。


徳間文庫をお楽しみいただけましたでしょうか。どうぞご意見・ご感想をお寄せ下さい。

宛先は、〒105－8055　東京都港区芝大門2－2－1　㈱徳間書店「文庫読者係」です。

徳間文庫

カミングアウト

2011年2月15日 初刷
2013年3月5日 2刷

著者 高殿《たかどの》円《まどか》
発行者 岩渕徹
発行所 東京都港区芝大門二―二―一 〒105―8055 株式会社 徳間書店
電話 編集〇三(五四〇三)四三四九 販売〇四八(四五一)五九六〇
振替 〇〇一四〇―〇―四四三九二
印刷 製本 株式会社 廣済堂

ISBN978-4-19-893307-4 (乱丁、落丁本はお取りかえいたします)